Das Glück
im
Unglück

Maurice Gather

Text: Maurice Gather
Lektorat: Franziska Hartmann
Covergestaltung: Verlagshaus Schlosser
Umschlagabbildung: Adobe Firefly
Satz und Layout: Verlagshaus Schlosser
ISBN 978-3-96200-775-1
Druck: Verlagsgruppe Verlagshaus Schlosser
D-85652 Pliening • www.schlosser-verlagshaus.de

Printed in Germany

1. Kapitel

9.1.2017

Heute ist der erste Schultag nach den Weihnachtsferien. Wie immer gehe ich nach dem Aufstehen als erstes an meinen Schreibtisch und öffne die oberste Schublade. Unter Blöcken und Stiften krame ich einen Zettel heraus. Ich falte ihn auseinander, nehme mir einen Stift aus der Schublade und notiere:

8.1.2017

RECHTER OBERSCHENKEL
ZUCKUNGEN RECHTER KLEINER FINGER
BEIDE FÜßE

Ich halte kurz inne, um zu überlegen. Ja, ich habe nichts vergessen. Dann falte ich den Zettel wieder zusammen und lege ihn zusammen mit dem Stift zurück in die Schublade.

Ihr fragt euch jetzt vielleicht, was das für eine Liste ist und wofür ich mir diese Dinge aufschreibe. Es ist eigentlich ganz simpel – seit einigen Monaten habe ich immer wieder Schmerzen. Ich weiß nicht warum, bin deswegen auch noch nie zum Arzt gegangen und habe niemandem davon erzählt. Ich behalte meine Probleme lieber für mich, als sie mit irgendwem zu teilen. Die Liste habe ich vor drei Monaten angefangen, um zu beobachten, welche Schmerzen ich öfter habe und welche sogar regelmäßig auftreten.

Ich schaue auf die Uhr. Es ist 6:02 Uhr, also stehe ich auf und gehe in die Küche. Meine Eltern sind auch schon wach. »Morgen«, sage ich. »Guten Morgen. Hast du gut geschlafen?«, fragt mich meine Mutter. »Ja. Und ihr?« Beide antworten zeitgleich: »Auch«.

Ich warte kurz, ob noch irgendetwas kommt, und gehe dann an die Arbeitsfläche. Während ich ein Brötchen aus dem Gefrierfach hole und es auf den Toaster lege, überlege ich, was ich darauf essen möchte. Ich gehe in mein Zimmer, um meine Schultasche fertig zu packen, muss aber mein Deutschbuch suchen und brauche daher länger als üblich. In der Zwischenzeit hat meine Mutter mein Brötchen umgedreht, sodass es jetzt fertig ist. Ich bedanke mich, während ich es aufschneide.

Als ich gerade an den Kühlschrank gehe, fängt meine Mutter mit ihrer morgendlichen Erinnerungsrede an. »Tom, denkst du bitte dran, dass du heute mit Fahren dran bist.« Mein Vater erwidert: »Ja, keine Sorge. Ich habe es nicht vergessen.« Meine Mutter richtet sich an mich. »Dir wünsche ich wie immer viel Spaß in der Schule und vergiss nicht, dass du heute Nachmittag wieder bei Familie Schneider bist.« »Danke. Ja, keine Sorge.« Dann verabschiedet sie sich von uns und geht.

Kurz darauf steht mein Vater auf. »Bitte trödel nicht, wir müssen in 20 Minuten los. Ich muss noch mal telefonieren.« Ohne eine Antwort abzuwarten, geht er auch schon ins Wohnzimmer.

Ich wende mich wieder meinem Frühstück zu. Kräuterfrischkäse, eine Gurke, eine Scheibe Kochschinken, eine Tomate und ein Brettchen mit Messer liegen vor mir. Da ich gestern schon ein Stück von der Gurke abgeschnitten habe, entferne ich bloß die Frischhaltefolie und schneide mir sechs Scheiben ab. Ich wasche die Tomate und schneide sie auch in Scheiben. Nachdem ich die Vorbereitungen abgeschlossen habe, verteile ich den Kräuterfrischkäse auf dem Brötchen. Ich lege den Schinken so darauf, dass die Hälfte der Scheibe vom Brötchen runterhängt. Dann lege ich vier Gurkenscheiben drauf, klappe den Kochschinken zu und platziere zuletzt zwei Tomatenscheiben. Nachdem ich noch etwas Kräutersalz verteilt habe, lege ich den Deckel drauf. Ich lege mein Brötchen in meine Brotdose und fange an, alles aufzuräumen. Die übrigen Tomaten- und Gurkenscheiben esse ich auf.

Ich schaue auf die Küchenuhr und stelle fest, dass ich noch zehn Minuten habe. Also gehe ich in mein Zimmer und ziehe mich an. Als ich im Badezimmer die Zahnpasta auf meiner Zahnbürste verteilen möchte, habe ich plötzlich dieses Gefühl in der Brust, das immer kurz vor den Herzschmerzen kommt. Vorsichtshalber lege ich meine Zahnbürste zur Seite und merke schon kurz darauf, dass ich das Gefühl richtig gedeutet habe. Erst sind die Schmerzen nur schwach, doch dann werden sie so stark, als würde ein Stahlträger auf meiner Brust lasten. Glücklicherweise hält der Schmerz nicht lange an. Als er abgeflaut ist, putze ich meine Zähne und mache mich fertig.

Während ich in mein Schlafzimmer gehe, kommt mein Vater zu mir. »Wir haben jetzt 6:45 Uhr, ich würde sagen, wir fahren so in sechs Minuten los. Ich gehe aber schon mal nach unten, damit ich noch eine rauchen kann. Schließt du bitte die Tür ab, wenn du runterkommst?« »Ja, mache ich.«

Kurz darauf schließe ich ab und gehe runter. »Du bist zwei Minuten zu früh, « sagt mein Vater zu mir, als ich bei ihm ankomme. Ich lache kurz auf und lege meine Schultasche in den Kofferraum. »Besser als zwei Minuten zu spät.« »Da hast du natürlich auch wieder recht«, sagt er lachend, während er einsteigt. Ich tue es ihm gleich, damit wir losfahren können.

Er startet den Motor und fragt: »Hast du abgeschlossen?« »Ja, habe ich.« »Gut. Als erstes ist Fiona dran, richtig?« Ich verdrehe die Augen, da er diese Frage jedes Mal stellt, wenn er fährt, und warte mit meiner Antwort. »Ja.«

Als wir wenig später bei ihr ankommen, steht sie schon am Straßenrand bereit. Ich steige aus und begrüße sie, während ich ihr ihre Tasche abnehme, um sie in den Kofferraum zu legen. Nach ein paar weiteren Minuten sitzt dann auch Anna bei uns im Auto. Bevor er wieder losfährt, fragt mein Vater: »Wo wohnt Ben nochmal?« »In der Anna-Marie-Helene-Straße 33«, antwortet Anna sehr schnell. Mein Vater bedankt sich und fährt los.

Als wir in die Anna-Marie-Helene-Straße einbiegen, steht plötzlich die Mühlabfuhr vor uns. »Das darf doch jetzt nicht wahr sein. Warum ist die immer vor uns, wenn ich fahre?« Obwohl das eher so dahingesagt war, antworte ich ihm: »Das ist ganz einfach. Mama guckt auf den Müllkalender und sagt dann, ob sie fährt oder du fährst. Sie wird nie fahren, wenn die Mülltonnen geleert werden müssen.« Alle außer meinem Vater fangen an zu lachen.

Nach dieser kurzen Verzögerung kommen wir schließlich bei Ben an, der, wie die anderen auch, schon am Straßenrand bereitsteht. Wieder steige ich aus, begrüße ihn und werfe seine Tasche in den Kofferraum.

Nun, da wir vollständig sind, fahren wir zur Schule. Mein Vater hat keine Lust, der Müllabfuhr hinterher zu fahren, also nimmt er einen kleinen Umweg. Als wir an der Schule angekommen sind, nehmen wir nacheinander unsere Schultaschen aus dem Kofferraum. Ich verabschiede mich von meinem Vater und drehe mich gerade um, um auf den Schulhof zu gehen, als er sagt: »Fast hätte ich es vergessen, ich muss morgen woanders arbeiten und kann euch deswegen nicht fahren. Deine Mutter kann auch nicht, also müsst ihr entweder mit dem Bus oder mit dem Fahrrad fahren oder ihr findet jemanden, der euch fahren kann.« »Ok, ich weiß Bescheid, danke. Tschöö.«

Da meine Freunde und ich uns das letzte Mal vor den Weihnachtsferien gesehen haben, haben wir uns einiges zu erzählen. Fiona, die jedes Weihnachten zu ihren Großeltern fährt, fängt an: »Bei uns war es dieses Jahr ein großes Drama. Mein Vater hat sich mit meinem Opa vor Weihnachten gestritten, weswegen wir beinahe nicht gefahren wären. Aber meine Mutter und meine Oma wollten beide, dass wir trotzdem kommen. Es hat lange gedauert, meinen Vater zu überzeugen, aber am Ende haben wir ihn umgestimmt. Als wir dann bei meinen Großeltern waren, haben sie sich ignoriert. Männer,« sagt sie und verdreht die Augen. »Aber am Ende haben sie sich doch noch vertragen.« »Und was hast du geschenkt bekommen?«, frage ich sie. »Zwei Bücher, Nagellack, einen neuen Fernseher und Geld.« Anna fragt: »Den Fernseher, den du dir gewünscht hast?« »Ja, genau den.« »Welchen Fernseher hast du dir denn gewünscht?«, fragt Ben. »Einen 65 Zoll Fernseher.« »Jooo, was willst du mit einem so großen Fernseher?«, frage ich sie. »Damit wirken die Serien, die ich schaue, direkt geiler.« Ben sagt: »Mein Bruder hat auch so einen großen Fernseher und ich muss sagen, das ist schon wirklich geiler.« »Danke, dass du mir in den Rücken fällst. Wir zwei müssen doch zusammenhalten.« »Sorry, aber da muss ich Fiona leider zustimmen.«

»Was hast du denn bekommen, Anna?« fragt Fiona. »Neue Schuhe, ein neues Fahrrad und ein Schminkset mit einem kleinen Spiegel.« Neugierig frage ich sie: »Ist bei dir auch etwas Spannendes passiert?« »Nee, wir waren einfach nur zuhause und haben gechillt.«

Als Ben gerade dazu ansetzt, von seinen Ferien zu erzählen, klingelt es zum Unterricht. Fiona und Anna sagen gleichzeitig: »Ihr seid in der Pause dran.« Wir salutieren und antworten ebenfalls gleichzeitig: »Jawohl, Madams.« Darauf fangen wir an zu lachen.

In der Klasse teilen wir uns auf. Ben bleibt beim Tisch an der Tür, Fiona geht zum Fensterplatz in die dritte Reihe und Anna und ich gehen gemeinsam in die erste Reihe am Fenster. Kurz hinter uns kommt Alina in die Klasse. »Habt ihr schon gehört? Wir bekommen die nächsten Tage eine neue Mitschülerin«, ruft sie durch die Klasse, während sie noch im Türrahmen steht. Direkt hat sie die volle Aufmerksamkeit aller bereits anwesenden Schüler auf sich gezogen. Isabell fragt direkt: »Wo hast du das gehört? Und wie heißt sie?« »Von meiner Mutter…« Ich ignoriere sie. Nicht nur, weil ich sie hasse, sondern auch, weil ich ihr nicht glaube. Stattdessen unterhalte ich mich mit Anna.

Unsere Englischlehrerin Frau Bauer betritt kurz darauf den Raum und begrüßt uns mit einem »Good Morning«. Bis auf wenige Ausnahmen antwortet die Klasse im Chor: »Good Morning, Ms Bauer.« »Wer fehlt denn heute alles?« Lisa, die beste Freundin von Melissa, antwortet: »Melissa kommt morgen erst, ihr Flug wurde gestrichen und die Folgemaschinen waren ausgebucht.« Alina ruft aus der letzten Reihe: »Tim ist auch noch nicht da, aber er meinte gestern, dass er heute kommt.« »Ok, sind sonst alle da?« Als keiner etwas sagt, sagt sie: »Good. Please open your books on page 137.«

Eine Viertelstunde später höre ich von hinten, wie mein Name geflüstert wird, also drehe ich mich um und sehe Lisa, die mir einen Zettel hinhält. »Danke«, flüstere ich und nehme ihn an. Da Anna das mitbekommen hat, guckt sie gespannt mit zu, wie ich den Zettel öffne.

Fiona, wetten, Tim kommt heute nicht?
Können wir machen, aber ich glaube, er hat verschlafen.
Ok, um was möchtest du wetten?
Wenn ich richtig liege, gibst du mir einen Döner aus. Aber wenn du richtig liegst, gebe ich dir einen Döner aus. Einverstanden?
Einverstanden. Lass' den Zettel an Jonas und Anna weitergeben. Schreibt jeweils euren Anfangsbuchstaben hinter die Meinung, der ihr zustimmt.

Nachdem ich mir alles durchgelesen habe, setze ich hinter Fionas Meinung ein »J«. Anna allerdings setzt hinter Bens Meinung ein »A«. Ich falte den Zettel wieder zusammen und gebe ihn Lisa, damit sie ihn an Fiona zurückgibt.

Am Ende der Stunde kommt unsere Klassenlehrerin Frau Engel zu uns rein. Isabell fragt direkt: »Haben wir Sie jetzt?« »Nein«, antwortet sie ihr, »Ich suche nur zwei Freiwillige, die sich heute für die neue Mitschülerin zur Verfügung stellen.« Es dauert kurz, bis vier Leute aufzeigen, unter anderem auch ich. Sie guckt sich kurz um und sagt dann: »Isabell … und Jonas. Könnt ihr beiden dann bitte mitkommen?« Wir stehen beide auf und folgen Frau Engel aus dem Klassenraum. Vor der Tür zum Flur mit dem Sekretariat und dem Lehrerzimmer bleiben wir stehen.

Während wir auf irgendwen warten – ich vermute, auf die Neue – fragt Isabell Frau Engel nach ihren Ferien. »Wir waren drei Tage in Dresden, und du?« »Wir sind hiergeblieben und haben uns die Weihnachtsmärkte angeschaut.« »Das ist auch was Schönes. Und was hast du gemacht, Jonas?«, fragt mich Frau Engel.

Gerade als ich antworten möchte, kommt eine Mutter mit einem Mädchen in meinem Alter durch die Tür. Frau Engel geht auf die beiden zu. »Sie sind Frau Siegenstein?« »Ja, richtig, und das ist meine Tochter Lisa«, antwortet die Frau. »Freut mich, dich kennenzulernen. Ich bin Frau Engel und das sind Jonas und Isabell. Sie zeigen dir die Schule und wenn du fragen hast, kannst du dich an sie wenden. Ich muss jetzt leider wieder in den Unterricht. Jonas und Isabell, geht ihr bitte mit den beiden zum Sekretariat und wenn sie fertig sind, nehmt ihr sie bitte mit ins Klassenzimmer. Danke« Kaum, dass sie fertig gesprochen hat, ist sie auch schon weg. Frau Siegenstein verabschiedet sich von ihrer Tochter und geht auch. Als wir in den Flur treten, der zum Sekretariat und Lehrerzimmer führt, kommt uns unser Sportlehrer Herr Scheuren mit zwei Kisten entgegen. Ich halte ihm die Tür auf. »Danke. Könntest du mir vielleicht eine abnehmen, Jonas?«, fragt er mich. »Ja, klar.« Dann richte ich mich an Isabell: »Ich komme gleich wieder.« »Ok, bis gleich.« Ich nehme die oberste Kiste von Herr Scheuren und folge ihm die Treppe rauf. In der letzten Etage angekommen, stelle ich die Kiste in einen Beratungsraum. Herr Scheuren bedankt sich bei mir und dann gehe ich auch schon runter. Vor dem Sekretariat stehen die beiden nicht mehr, als ich unten ankomme, also entscheide ich mich, zurück in die Klasse zu gehen.

Kaum sitze ich auf meinem Stuhl, fragt mich Anna im Flüsterton: »Warum bist du schon wieder da? Hast du sie gesehen?« Anstatt zu antworten, schreibe ich mit einem Bleistift auf den Tisch: *Egal. Ja, habe ich.* »Wie ist sie? Wie sieht sie aus?«, fragt sie mich weiter. Da der Lehrer gerade hinten irgendwelche Schüler ermahnt, sage ich ihr: »Sie sieht nett aus. Aber du wirst sie ja gleich sehen, also hab Geduld.« Sie guckt mich etwas beleidigt an, da sie noch mehr fragen wollte, aber ich lächle ihr nur zu. Dann radiere ich mein Geschriebenes wieder vom Tisch.

Zu Beginn der Pause um 9:35 Uhr ist sie noch immer nicht da. Erst, als wir um 9:55 Uhr wieder in die Klasse kommen, sehen wir sie. Sie sitzt neben Isabell und unterhält sich mit ihr. Wahrscheinlich reden sie darüber, warum sie hier ist und wo sie herkommt. Viele gehen direkt zu ihr, um sie kennenzulernen, wir vier setzen uns aber direkt auf unsere Plätze, da unser Deutschlehrer kurz nach uns reinkommt.

Während der ganzen Stunde hört man aus Isabells Richtung Geflüstere. Herr Mühlheim sagt nichts dazu, sieht am Ende der Stunde aber sehr genervt aus. Kurz nach Beginn der FünfMinutenPause kommt Frau Engel in die Klasse und geht zu Lisa, um sich mit ihr zu unterhalten. In der Zwischenzeit kommen Ben und Fiona zu uns. »Sie sieht nett aus«, meint Fiona. »Schon, aber sie hängt jetzt schon mit unseren Spezialisten ab. Ich wette mit euch, dass sie sich spätestens morgen auch so wie die verhält.« »Da könntest du recht haben«, stimmt mir Ben zu.

Frau Engel kommt wieder nach vorne, um mit dem Unterricht zu beginnen. Erst, als an ihren Plätzen sitzen und leise sind, fängt sie an. »Ich hoffe, ihr hattet schöne Winterferien. In der nächsten Klassenarbeit wird es um Kreise gehen.« Ein Stöhnen geht durch die Runde, aber ich freue mich, da ich Mathe liebe. Frau Engel malt einen Kreis auf die Tafel und setzt in dessen Mitte einen Punkt. Bevor sie zu einer Erklärung ansetzen kann, klopft es an der Tür. Tim kommt herein und sagt: »Hallo Frau Engel, entschuldigen Sie die Verspätung. Ich habe verschlafen.« Ich jubele innerlich, da Fiona und ich von Ben und Anna einen Döner bekommen.

Ich nehme mir wieder meinen Bleistift und schreibe in mein Hausaufgabenheft: *Du und Ben schuldet mir und Fiona einen Döner.* Dann schiebe ich es zu Anna rüber. Nach einiger Zeit bekomme ich es wieder. Sie hat einen Smiley gemalt, der seine Augen verdreht. Darunter steht: *Ja, ja. Ist ja gut.*

Am Ende der Stunde packen alle schnell ihre Sachen zusammen und gehen zu ihren jeweiligen Differenzierungskursen. Am Informatikraum angekommen stelle ich fest, dass außer mir und unserem Informatiklehrer noch keiner da ist. »Guten Morgen Herr Mayer«, begrüße ich ihn. »Guten Morgen.« Als ich zu meinem Computer gehen will, sagt er: »Bitte erstmal in die Mitte setzen.« Ich lege meine Sachen an meinem Platz ab und setze mich an die Tische in der Mitte. So wie eigentlich in jeder Stunde sind wir erst nach einigen Minuten vollzählig und es dauert noch ein wenig länger, bis alle leise sind. »Ich möchte, dass ihr euch alle einen USB-Stick und eine Mappe besorgt, am besten bis zur nächsten Stunde.« Lucas, einer der drei Techniker der Schule und ein Freund von mir, fragt: »Herr Mayer, warum denn noch eine Mappe? Wir haben doch schon zwei.« »Die neue Mappe ist für die Wochenarbeiten. Damit ihr mehr Ordnung habt und ich die Mappen auch mitnehmen kann.«

Um Punkt 13:30 Uhr entlässt er uns. Natürlich sind wir wieder der letzte Kurs, der frei hat. Ben, Fiona und Anna warten schon draußen auf dem Schulhof auf mich. Bei ihnen angekommen, sage ich: »Ich kann heute leider nicht mit euch fahren. Ich bin wieder bei Familie Schneider.« »Was willst du bei dem Wetter und zu der Jahreszeit im Garten machen?«, fragt Ben mich. »Auch in der Jahreszeit kann man viel im Garten machen, zum Beispiel umgraben und Unkraut entfernen«, antworte ich.

Ich verabschiede mich von ihnen und mache mich auf den Weg. Vor dem Haus von Familie Schneider angekommen schaue ich zunächst auf mein Handy – die Schneiders mögen es nicht, wenn man zu spät oder zu früh ist. Mein Handy zeigt an, dass es 14:29 Uhr ist, also mache ich mich langsamen Schrittes auf den Weg zur Haustür. Frau Schneider öffnet genau in dem Moment die Tür, als ich auf der letzten Stufe stehe. »Hallo Jonas, ich hoffe, ihr hattet schöne Weihnachtstage«, begrüßt sie mich direkt. »Hallo Frau Schneider, die hatte ich, und Sie?« »Ja, hatten wir. Du weißt ja, wo alles ist. Mein Mann und ich würden jetzt Einkaufen fahren, wenn wir länger brauchen sollten, ist hier der Schlüssel. Dein Geld liegt auf dem Esstisch. Den Schlüssel kannst du dann einfach in die Garage legen und von innen zumachen.« »Ok, da weiß ich Bescheid. Danke. Ihnen viel Spaß beim Einkaufen.« Sie bedankt sich und geht zurück ins Haus. Ich aber gehe zur Garage, die sich gerade öffnet.

Nachdem Frau Schneider mit ihrem Ehemann ins Auto eingestiegen und rausgefahren ist, nehme ich mir die dort liegenden Gartenwerkzeuge, um direkt mit der Arbeit zu beginnen. Im Beet an der Garagenwand beginne ich mit dem Umgraben und Unkrautrupfen.

Nach einiger Zeit höre ich, wie jemand an der Tür klingelt. Da ich neugierig bin, drehe ich mich zur Türe um. Dort steht ein Mädchen, ca. 1,65 cm groß mit braunen Haaren. ›Sie sieht nicht schlecht aus‹, denke ich mir und frage mich, wer sie ist. Um nett zu sein, teile ich ihr mit: »Die beiden sind zurzeit nicht da.« Sie dreht sich zu mir um und ich sehe, dass sie geweint hat. Ich frage mich, warum sie wohl geweint hat und ob ich ihr nicht ein Taschentuch anbieten soll, um die Tränen wegzumachen, als sie plötzlich fragt: »Wo sind sie und wann sind sie wieder da?« »Sie sind einkaufen und wann sie zurück sind, kann ich nicht sagen, aber sie werden noch eine Weile unterwegs sein.« Nach einer Pause füge ich hinzu: »Wer bist du und was möchtest du von ihnen?« »Das geht dich gar nichts an«, fährt sie mich aggressiv an. Ohne eine Antwort drehe ich mich wieder um und mache mit meiner Arbeit weiter.

»Ich heiße Luna und bin die Enkeltochter, ich müsste dringend mit ihnen reden«, kommt es nach einigen Minuten von ihr. »Wie gesagt, sie sind einkaufen und ich habe keine Ahnung, wann sie wieder zurückkommen.« »Hast du keinen Schlüssel? Dann könnte ich mich wenigstens drinnen hinsetzen.« »Nein, tut mir leid. Ich habe keinen Schlüssel«, lüge ich, da ich ihr misstraue.

Nach anderthalb Stunden harter Arbeit habe ich die Beete an der Garagenwand und an der gegenüberliegenden Seite komplett umgegraben und von jeglichem Unkraut befreit. Da diese Luna noch immer vor der Tür sitzt, tue ich so, als sei ich noch am Arbeiten, und hoffe, dass die zwei bald vom Einkaufen zurückkommen. Einige Minuten später fahren sie schließlich mit ihrem Auto die Einfahrt rein. Luna geht direkt zu ihnen und ich nutze die Gelegenheit, um ins Haus zu gehen und mein Geld vom Tisch zu nehmen. Als ich wieder nach draußen komme, liegen sich Frau Schneider und Luna weinend in den Armen. Ich räume leise meine Sachen in die Garage und mache mich auf den Weg nach Hause.

30 Minuten später stehe ich vor unserer Haustür und ziehe meine Schuhe aus. »Hallo, bin zuhause«, rufe ich, als ich in die Wohnung komme. »Bin in der Küche«, kommt direkt von meiner Mutter zurück, die anscheinend am Kochen ist. Ich schmeiße meine Jacke und meine Schultasche in mein Zimmer und gehe dann in die Küche. Gleichzeitig frage ich: »Was gibt es denn heute?« »Heute gibt es Gemüselasagne.« »Soll ich dir helfen?« »Ja, gerne. Du kannst die Paprika waschen und schneiden.« »Ok, wie viele brauchst du denn?« Sie guckt kurz auf ihr Rezept und antwortet mir dann: »Vier reichen, aber bitte in kleine Würfel schneiden.«

Beim Schneiden frage ich meine Mutter: »Wie war dein Tag heute so?« »Gut, und deiner?« »Auch.« Nach einer kurzen Pause fragt sie mich: »Warst du heute nicht bei Familie Schneider?« »Ja, war ich.« »Was hast du dort heute so gemacht?« »Ich habe im Beet an der Garagenwand und auf der anderen Seite Unkraut gejätet und sie umgegraben.« Ohne weiter darauf einzugehen, fängt meine Mutter an, von ihrem Tag auf der Arbeit zu erzählen.

Später, als wir die Lasagne in den Ofen schieben, sage ich zu meiner Mutter: »Ich gehe in mein Zimmer, bis das Essen fertig ist.« »Ok, mach das«, antwortet meine Mutter. In meinem Zimmer hänge ich zuerst meine Jacke auf. Dann räume ich meine Schultasche aus und packe die Sachen für den nächsten Tag ein. Als ich damit fertig bin, lege ich mich auf mein Bett und öffne mein Handy. Ich sehe, dass Fiona etwas in unserer Freundesgruppe geschrieben hat.

Meine Mutter hat mir angeboten, uns morgen früh zu fahren.

Anna hat schon geantwortet. *Sssuuupppeeerrr, danke an deine Mutter.*

Ich kann mich der Nachricht von Anna nur anschließen. Antworte ich direkt.

Nach dem Essen ziehe ich mich wieder in mein Zimmer zurück, um meine Hausaufgaben zu machen. Nach einiger Zeit kommt auch mein Vater nach Hause. Ich verlasse mein Zimmer nur noch, um meinen Eltern eine gute Nacht zu wünschen, und lege mich schlafen.

2. Kapitel

Als ich am nächsten Morgen um 6 Uhr wach werde, schreibe ich zuerst auf meinen Zettel. Dann gehe ich an mein Handy, um zu schauen, ob mir jemand geschrieben hat. Zu meiner Verwunderung wird mir eine Nachricht von Frau Schneider angezeigt. Da das eher selten vorkommt, öffne ich ihre Nachricht direkt.

Hallo Jonas, eigentlich würdest du ja erst in einem Monat wieder zu uns kommen. Aber mein Mann und ich haben uns überlegt, dass wir ein Gartenhaus haben möchten. Da wir wissen, dass du sehr begabt im Planen und im Bauen von solchen Dingen bist, wollten wir dich fragen, ob du uns dabei helfen könntest?

Ich überlege kurz und antworte ihr dann:

Guten Morgen Frau Schneider, gerne würde ich beim Planen und Bauen helfen. Wann möchten Sie denn anfangen bzw. wann soll ich vorbei kommen wegen dem Planen?

Eine knappe Stunde später sind meine Eltern schon weg und ich sitze auf meinem Bett, da ich mit allem fertig bin. Da bekomme ich eine Nachricht von Fiona:

Hey Jonas, wir machen uns langsam auf den Weg. Sind in ca. sieben bis neun Minuten bei dir. Hoffe du bist fertig.

Ich antworte ihr:

Ja, Mutter.

Dahinter setze ich einen lachenden Smiley.

Anschließend öffne ich die Vertretungsplan-App, da ich eine Benachrichtigung bekommen habe. Unsere Erdkundelehrerin ist krank und wir machen stattdessen Mathe bei Herr Maus. Also packe ich schnell mein Erdkundebuch aus und dafür mein Mathebuch ein. Als ich meine

Schuhe und Jacke angezogen habe, gehe ich runter an die Straße, kurz bevor Fiona und ihre Mutter bei mir ankommen.

Eine Dreiviertelstunde später kommen wir an der Schule an. Auf dem Schulhof nehme ich mein Handy heraus, um es auszuschalten, dabei fällt mir wieder etwas ein. »Habt ihr eigentlich eure Mathesachen mitgenommen?« »Nein, ich habe es erst gesehen, als ich schon im Auto war«, antwortet Fiona. Ben fragt verwundert: »Mathe? Warum? Das haben wir doch heute gar nicht.« Anna und ich hauen uns gleichzeitig die Hand auf die Stirn, bevor wir anfangen zu lachen. »Es war ja klar, dass du mal wieder nichts weißt, Ben. Typisch Jungs.« Ich schaue sie in gespieltem Schock an, während ich mir ans Herz greife. »Wie kannst du mich bloß so verletzen?« Dann tue ich so, als würde ich weinen. Auch wenn ich es nicht sehe, weiß ich, dass Ben mit den Augen rollt. Anna lässt sich auf ihre Knie fallen. »Es tut mir leid, Jonas, du bist anders. Kannst du mir noch einmal verzeihen?« »Ich verzeihe dir, Anna.« Anna steht wieder auf und bedankt sich. Gut, dass erst eine Handvoll Schüler da ist, es müssen ja nicht alle wissen, wie bekloppt wir sind, denke ich mir.

Kurz vor Schulbeginn sehe ich, wie Lisa mit einer Zigarette zu einem der Raucherplätze geht. Anna sieht es auch und sagt: »Du hattest recht, Jonas. Dann gehört sie wohl jetzt auch zu den Spezialisten.« »Möchtest du das nochmal wiederholen? Ich glaube, ich habe dich nicht verstanden«, antworte ich grinsend. Anstatt zu antworten, verdreht sie nur die Augen.

Nach der ersten Stunde treffen wir vier uns in der Klasse, um unsere Schultaschen vor dem Sportunterricht abzulegen.

Während wir zur Turnhalle gehen, fragt Fiona: »Wollen wir uns nach der Schule treffen? Schließlich bekommen Jonas und ich noch einen Döner von euch.« Ben verdreht die Augen und antwortet: »Keine Sorge, wir werden es schon nicht vergessen. Aber heute kann ich nicht, meine Mutter will mit mir shoppen gehen. Angeblich habe ich keine Schuhe mehr.« »Mein Beileid. Ich hoffe für dich, dass es schnell geht.« Um meine Worte zu unterstreichen, klopfe ich ihm einfühlsam auf die Schulter. »So schlimm ist shoppen gar nicht. Man kann sich neue Sachen kaufen und gucken, was die Geschäfte alles Neues haben«, kommt von Fiona. »So oft wie Jonas und ich hören, dass du und Anna shoppen geht, müsstet ihr einen ganzen Lkw, ach was sage ich, ein ganzes Hochhaus voller Kleidung haben.« »Nur weil du und Jonas ein Paar Schuhe und eine Handvoll Kleidung habt, die in meinen kleinen Koffer passen, muss das nicht heißen, dass andere nicht mehr Kleidung haben dürfen. Dazu kommt, Herr Neunmalklug, dass alle meine Klamotten in einen normalen Kleiderschrank passen.« Ich hätte gerne noch etwas entgegnet, aber wir kommen gerade an der Sporthalle an, wo unser Sportlehrer uns direkt in die Umkleide schickt.

Ben und ich sind die ersten, die fertig umgezogen in der Halle sind. Kurz nach uns kommt Herr Scheuren aus seiner Umkleide und bittet uns, die Magnetwand herauszuholen und sie unter den Basketballkorb zu stellen.

Einige Minuten später sind auch alle anderen fertig umgezogen. »Ihr erinnert euch hoffentlich noch an die Stunde vor den Ferien, in der wir uns Videos zum Thema Jump Style angeschaut und euch in Gruppen aufgeteilt haben. Ich möchte euch jetzt bitten, euch in euren Gruppen zusammenzufinden.« Insbesondere die Jungen stöhnen laut auf, denn viele von ihnen hatten darauf gehofft, dass dieses Thema doch noch ersetzt werden würde.

Da ich aber weiß, dass Widerstand sowieso nichts bringen wird, gehe ich direkt zu meiner Gruppe. Mich hat es relativ gut getroffen, denn meine Gruppe besteht aus Fiona, Letitia, Alina und Hanna. Alina und ich können uns gegenseitig nicht leiden, aber da Hanna und Letitia dabei sind, wird es vermutlich relativ gut funktionieren. Schließlich wollen wir ja auch alle eine gute Note bekommen. Während die Mädchen ihre Haare richten und Haargummis holen, gucke ich mir die anderen Gruppen an. Bens Gruppe bestand bisher aus Isabell und Lea, anscheinend ist jetzt noch die neue Lisa dazugekommen. Diese Gruppe tut mir am meisten leid, da Ben absolut nicht tanzen kann und es auch nicht lernen will. Bei Annas Gruppe sieht es etwas besser aus, ihre Gruppe besteht aus Manuel, Leon, Lara und Carolina. Anscheinend gibt es bei den anderen zwei Gruppen ein Problem, da nicht alle mit der Gruppeneinteilung zufrieden sind.

Als wir nach der Stunde zur Schule zurücklaufen, essen und trinken wir etwas, während wir uns über die Gruppen unterhalten. Natürlich ziehen wir Ben wegen seiner schlechten Leistung auf, gleichzeitig hören wir aber, wie die anderen sich ernsthaft über ihn aufregen.

Als wir in der Klasse ankommen, ist unsere Englischlehrerin noch nicht da, weshalb wir noch gemeinsam auf den Tischen vorne bei mir und Anna sitzen. Wir unterhalten uns noch, bis Frau Bauer hereinkommt. Sie beschwert sich, dass noch nicht alle da sind, und fragt, wo sie denn seien. Eigentlich müsste sie wissen, dass wir gerade Sport hatten, denke ich mir im Stillen. Die letzten Nachzügler kommen erst 20 Minuten vor Ende der ersten Stunde, was Frau Bauer verständlicherweise sehr aufregt.

Nach einer weiteren Stunde Englisch und einer Stunde Musik ist es dann so weit: Wir haben endlich Herr Maus. Als er reinkommt, ist es direkt still. Er teilt uns mit: »Ich habe von Frau Engel Matheaufgaben für euch bekommen.« Bei anderen Lehrern hätte es jetzt lautstarke Beschwerden gegeben, bei Herr Maus jedoch wagt es keiner, zu protestieren. Herr Maus ist unserer Chemielehrer, weshalb wir nach der Vertretungsstunde zusammen in den Chemieraum gehen.

Eine weitere Dreiviertelstunde später klingelt es zum letzten Mal an diesem Tag. Ich mache mich direkt auf den Weg zu Familie Schneider, nachdem ich mich von meinen Freunden verabschiedet habe. Auf der Hälfte des Wegs zieht es beim Auftreten auf einmal in meinem rechten Fuß. Im ersten Moment humple ich und verziehe vor Schmerz das Gesicht, dann fasse ich mich jedoch und gehe weiter, als wäre nichts. In Wirklichkeit durchzieht mich aber bei jedem Auftreten ein starker Schmerz. Genau so plötzlich, wie er auftritt, endet der Schmerz auch dieses Mal nach ein paar Minuten.

Eine halbe Stunde nach Schulschluss komme ich am Vorgarten der Schneiders an. Als ich zur Tür laufe, kommt Luna aus dem Haus. Sie sieht mich, mustert mich von oben bis unten und schließt die Tür. Ohne mich eines weiteren Blickes zu würdigen oder etwas zu sagen, geht sie an mir vorbei. »Danke für nichts«, murmele ich vor mich hin. Ich verlangsame mein Tempo und warte kurz, bevor ich klingele. Sofort öffnet Frau Schneider die Tür. »Hallo Jonas, hat Luna dich nicht gesehen? Sie ist vor wenigen Sekunden rausgegangen.« »Hallo Frau Schneider, nein, sie war mit ihrem Handy beschäftigt«, antworte ich ihr. Auch wenn ich Luna nichts schulde, werde ich sie dennoch nicht verpetzen. So gemein bin ich nicht. »Ach, okay. Na, dann komm doch bitte rein, mein Mann sitzt schon im Wohnzimmer.« Ich begrüße ihren Mann, als ich das Wohnzimmer betrete. »Haben Sie denn schon eine Idee, wo das Haus hinsoll?«, frage ich, als wir alle sitzen. »Ja, hinten rechts im Garten, wo die Kürbisse waren«, antwortet Herr Schneider. Dann fängt er an, eine Zeichnung vom Garten zu malen. Da, wo das Gartenhaus hinsoll, malt er ein Haus. »Also ich habe so die Vorstellung 2,5 Meter tief, 2,5 Meter breit und eine Höhe von 3 Metern. Wir hätten gerne ein Spitzdach mit Regenrinnen, damit wir das Regenwasser benutzen können. Der Boden soll aus Gehwegplatten sein, aber ohne Kies oder so darunter, damit es nicht ein zu großer Aufwand ist.« »Ok. Was halten Sie davon, wenn die Regentonnen links vom Haus stehen? Dann kann man einfacher dran, als wenn sie dahinterständen oder am Zaun. Außerdem würde ich die Tonnen etwas erhöhen, dann kann man Tonnen kaufen, die einen Wasserhahn dran haben. Das macht es einfacher, die Gießkanne aufzufüllen.« Herr Schneider antwortet: »Das hört sich sehr gut an. Was denkst du, wie viele Tonnen sollen wir nehmen?« »Ich würde sagen, eine Tonne pro Regenrinne. Beide nebeneinander, aber voneinander getrennt.« Wir fangen an, eine Einkaufsliste zu schreiben und einen Plan zu erstellen, wann wir was machen und dementsprechend brauchen. »Gut, dann fangen wir nächste Woche an. Bevor du kommst, gehe ich die Steinplatten holen.« »Ok, dann sehen wir uns nächste Woche.« Frau Schneider begleitet mich noch bis zur Tür.

Als ich zuhause bin, schmeiße ich meine Sachen in mein Zimmer, danach gehe ich in die Küche und mache mein Essen für heute Abend warm. Da meine Eltern heute später nachhause kommen, hat meine Mutter mir eine Pizza geholt. Ich hole mein Handy raus, um zu spielen, während der Ofen vorheizt. Ich spüre, dass meine Füße langsam zu schmerzen anfangen, hoffe jedoch, dass sich der Schmerz schnell wieder legt. Ich schalte den Fernseher ein, um mich abzulenken, und esse nebenbei meine Pizza.

Drei Stunden später schalte ich meinen Fernseher aus und lege mich schlafen. Entgegen meiner Hoffnung sind die Fußschmerzen geblieben und auch jetzt noch da. Sie sind so stark, dass ich nicht einschlafen kann, weshalb ich mich die ganze Zeit im Bett wende. Erst nach einigen Stunden schlafe ich schließlich trotz der Schmerzen ein.

3. Kapitel

Eine knappe Woche später bin ich wieder auf dem Weg zur Familie Schneider. Kurz bevor ich ankomme, schickt mir Frau Schneider eine Nachricht. *Hallo Jonas, mein Mann und ich sind noch im Baumarkt. Wir haben dir einen Schlüssel unter unsere Fußmatte gelegt, dann kannst du schon mal mit dem Abmessen beginnen. Wir kommen ca. 15 Minuten später.*

Ok, dann weiß ich Bescheid.

Wie versprochen liegt unter der Fußmatte ein Schlüssel. Als ich die Tür hinter mir schließe, höre ich Geräusche aus der Küche. Ich halte inne und lausche, bis ich erkenne, dass dort jemand weint. Ich gehe zur Küche und bleibe kurz im Türrahmen stehen. Luna hockt zusammengekauert vor dem Herd auf dem Boden und weint. Langsam gehe ich auf sie zu und hocke mich vor sie. »Alles gut bei dir, brauchst du Hilfe?« Abrupt hört das Weinen auf und sie schaut mich wütend an. »Nein, mir geht es nicht gut und nein, ich brauche deine Hilfe nicht. Was willst du überhaupt hier? Lass mich verdammt noch mal in Ruhe«, schnauzt sie mich an. Wortlos drehe ich mich um und gehe ins Wohnzimmer. Ich mache die Terrassentür auf und gehe nach draußen. Netterweise hat Herr Schneider schon alle Sachen zum Messen parat gelegt.

Ich messe eine 4 x 3 Meter große Fläche ab und drücke an allen vier Ecken ein kurzes, dünnes Holzstück in den Boden. Die ganze Zeit über habe ich das Gefühl, beobachtet zu werden, darum drehe ich mich um und schaue in alle Fenster. In einem von ihnen glaube ich Luna sehen zu können. Aber gerade, als ich das Gesicht entdeckt habe, ist es auch schon wieder verschwunden. Ich verbinde alle vier Hölzer mit einer Schnur und prüfe, dass sie einen Winkel von 90 Grad zueinander haben.

Als ich mit den Schnüren fertig bin, höre ich vorne eine Tür knallen. Also mache ich mich auf dem Weg nach vorne. »Hallo Jonas, wir haben 65 Platten statt 48 Platten gekauft. Falls welche kaputt gehen sollten und dann könnte man noch einen Weg zum Haus hinlegen.« »Ok. Ich würde sagen, dass wir die Platten erstmal rechts an die Hauswand legen, dann kann man von da die Platten wegnehmen, wenn wir sie brauchen.« »Ja, können wir gerne so machen«, antwortet Herr Schneider. Ich nehme mir die erste Platte, gehe durch das Haus und lege sie vor den Beeten ab. Als ich wieder am Anhänger angekommen bin, schaue ich auf die Uhr. Ich habe jetzt fast zwei Minuten gebraucht. Das wird noch lange dauern, denke ich mir.

Nach der Hälfte der Platten machen wir eine Pause, in der wir zusammen etwas trinken und Streuselkuchen essen. Nach anderthalb Stunden trage ich endlich die letzte Platte zu den anderen. »Sehr gut, das war die letzte. Ich würde gerne, wenn es für dich in Ordnung ist, eine Reihe legen. Um zu schauen, wie es aussieht und ob es passt«, fragt mich Herr Schneider, als ich die Platte abgelegt habe. »Ja, kein Problem.« Ich schüttle kurz meine Hände und nehme dann wieder die Steinplatte, die ich gerade abgelegt hatte, in die Hand. Ganz vorsichtig lege ich die Platte an der rechten unteren Ecke ab. Dann kontrolliere ich, ob sie richtig liegt. Ich nehme die Platte entgegen, die Herr Schneider mir hinhält, und lege sie vorsichtig so ab, dass zwischen den Platten ein dünner Spalt bleibt. »Soll ich den Abstand noch verändern?«, frage ich Herr Schneider. »Ich finde, so wie du es gemacht hast, ist es gut.« Kurz darauf haben wir eine Plattenreihe gelegt. »Hmm, ich finde, dass die etwas zu viel wackeln.«, gibt Herr Schneider zu bedenken. »Da haben Sie recht. Haben Sie vielleicht einen Gummihammer?« »Ja, warte, ich hole ihn«, sagt Herr Schneider. »Können Sie auch eine Wasserwaage mitbringen?«, rufe ich ihm hinterher, als er schon an der Tür ist.

Mit der Waage prüfe ich, an welchen Stellen ich die Platten noch festklopfen muss. Ich schlage dreimal mit dem Gummihammer auf die Platte und teste, ob sie noch wackelt. Diesen Vorgang wiederhole ich einige Male. »So, jetzt sind alle gerade und wackeln auch nicht mehr. Ist es so für Sie in Ordnung?« »Sehr gut, ich finde, dass es großartig aussieht.« »Ok, gut, ich würde mich dann jetzt auf den Weg nach Hause machen.« »Ja, mach das, es ist ja auch schon 18:00 Uhr. Du kommst am Montag wieder, richtig?« »Ja, genau. Ich werde so um 14:00 Uhr hier sein.« »Ok, gut. Ich bringe dich noch zur Tür.« Als wir an der Küche vorbeikommen, verabschiede ich mich noch von Frau Schneider.

Als ich gerade losgegangen bin, bekomme ich plötzlich eine Nachricht. Ich wundere mich, da mir eine unbekannte Nummer geschrieben hat. Die Nachricht allerdings verwundert mich noch mehr.

Hallo Jonas, ich bin es, Luna, die Enkeltochter von Ingried und Josef, also Herr und Frau Schneider. Ich wollte mich bei dir für das Anschnauzen entschuldigen. Ich wollte es eigentlich nicht, ich weiß auch nicht, warum ich plötzlich so wütend war. Du denkst dir wahrscheinlich, dass ich völlig verrückt bin. Aber das bin ich nicht. Es tut mir wirklich leid und ich hoffe, du nimmst meine Entschuldigung an.

Ich brauche mehrere Anläufe für meine Antwort, da ich nicht weiß, was ich sagen soll.

Hallo Luna, erstmal würde ich gerne wissen, wo du meine Nummer herhast. Zweitens, ich habe wahrscheinlich auch eine Mitschuld, ich hätte dich einfach in Ruhe lassen sollen. Als letztes, ja, ich nehme deine Entschuldigung an.

Als ich die Nachricht abschicke, kommt sie direkt online, fängt an zu schreiben und hört dann wieder auf. Gerade als ich mein Handy wegpacken möchte, antwortet sie mir.

Meine Großeltern haben ein Büchlein, in dem alle Nummern stehen, auch deine. Du hast keine Schuld daran, es war sogar sehr nett von dir, dass du mich gefragt hast.

Sie scheint mir noch etwas schreiben zu wollen, weswegen ich mit meiner Antwort warte.

Wenn du möchtest, würde ich dich gerne diese Woche Freitag oder so auf einen Döner einladen. Wenn du magst. Als Entschuldigung.

Mein Herz fängt an zu rasen. Erst denke ich, dass ich wieder Schmerzen bekomme, aber die bleiben aus. Vielleicht ist es ja doch wegen ihr, dabei mag ich sie doch gar nicht.

Ja, gerne. Freitag passt bei mir, musst mir nur sagen wo und wann. (Habe bis 13:30 Uhr Schule)

Es gibt in der Innenstadt einen Dönerladen, in der Nähe der Bushaltestelle. »Der alte Döner« heißt er, glaube ich. (Auf welche Schule gehst du?)

Ja, den kenne ich. Da war ich gestern mit meinen Freunden. Brauche ca. zehn Minuten dorthin. (Ich gehe auf die Städtische Realschule und du?)

Sehr gut, sagen wir dann 13:50 Uhr? (Ich war auf der St. Josef Realschule im Nachbarort, aber da sie geschlossen wurde, komme ich in ein paar Wochen auf deine Schule.)

Ok, perfekt. (Cool, weißt du schon in welche Klasse du kommst?)

Wenn einer von uns zu früh oder zu spät ist, kann ja der jeweils andere draußen warten. (Ja, ich komme in die 8c. In welcher bist du?)

Ja, das ist eine gute Idee. (Ich bin in der 9d) Ich muss jetzt aufhören, mein Akku ist fast leer. Falls wir nicht mehr schreiben sollten, bis Freitag.

Ok, bis dann.

Den restlichen Heimweg und auch den ganzen Abend über bin ich fröhlich, aber auch nachdenklich.

4. Kapitel

Auf dem Pausenhof erzähle ich meinen Freunden von der Begegnung mit Luna. Ben hört gar nicht zu, da ihn solche Themen nicht interessieren, Fiona und Anna allerdings hören gebannt zu. Als ich fertig bin, fragt Fiona: »Weißt du, wie alt sie ist? Du musst uns alles von dem Treffen erzählen.« »Nein, ich weiß nicht, wie alt sie ist. Sie kann aber nicht viel jünger sein als ich, wahrscheinlich ist sie ein Jahr jünger. Aber wir haben kein Date und sind auch kein Pärchen, sie will sich damit nur entschuldigen. Ihr werdet alles erfahren, was passiert ist, wenn ihr es unbedingt wollt.« Anna antwortet: »Ich erinnere dich an diesen Satz, wenn ihr heiratet. Wir wollen für dich hoffen, dass du uns alles sagst, was passiert ist.«

Um von dem Thema wegzukommen, frage ich: »Wusstet ihr davon, dass die St. Josef geschlossen wurde?« »Ja, meine Mutter hatte vor längerer Zeit davon gesprochen«, antwortet Ben. Anna und Fiona gucken ihn verwundert an, Fiona fragt: »Daran kannst du dich noch erinnern? Das ist doch schon ewig her.« Ben verdreht die Augen und antwortet: »Ha ha ha, sehr witzig. Nur weil ich zwischendurch mal was vergesse, heißt das nicht, dass ich alles vergesse.« »Naja, mal ist untertrieben. Du merkst dir jeden Tag höchstens zwei Sachen«, entgegnet Anna.

20.1.2017

Während der letzten Stunde kommt ein Zettel von Fiona bei mir an.
Jonas, wehe du versaust es.
Fiona, nochmal, das ist kein Date und auch kein Bewerbungsgespräch. Sie hat mich einfach zur Entschuldigung eingeladen.

Ich falte den Zettel wieder zusammen und gebe ihn Lisa, damit der Zettel wieder bei Fiona landet. Überraschenderweise kommt der Zettel nicht noch einmal zu mir zurück. Am Ende der Stunde packe ich meine Sachen ein, verabschiede mich von Anna und mache mich schnellen Schrittes auf den Weg zum Dönerladen.

Wie erwartet bin ich zehn Minuten nach Schulschluss angekommen. Da ich Luna noch nicht sehen, setze ich mich auf eine naheliegende Bank. Zwei Minuten vor der vereinbarten Zeit sehe ich Luna von Weitem. Sie trägt eine lockere schwarze Jogginghose und einen schwarzen Oversize-Pullover. Mein erster Gedanke ist, dass sie ziemlich gut aussieht.

Selbst aus der Ferne kann ich erkennen, dass sie vor Kurzem geweint hat, was sofort den Drang in mir auslöst, sie zu trösten. Erst wenige Meter vor dem Laden schaut sie auf. Als sie mich entdeckt, kommt sie direkt auf mich zu. Ohne groß zu überlegen, umarme ich sie. »Hey«, sage ich leise. Nach einiger Zeit löst sie sich von mir. Anscheinend hat sie noch mehr Tränen verloren.

»Wollen wir reingehen?«, frage ich sie. Anstatt zu antworten, nickt sie nur. Ich gehe vor und halte ihr die Tür auf. »Wo möchtest du sitzen?«, fragt mich Luna. »Lass uns doch direkt hier am Fenster bleiben.« Wir legen unsere Sachen am Tisch ab und gehen dann zur Theke. Ich weiß direkt, was ich nehme, nur Luna ist sich noch nicht ganz sicher. Am Ende nimmt sie dasselbe wie ich und nachdem wir unsere Bestellung aufgegeben haben, setzen wir uns wieder an unseren Platz.

Es entsteht eine unangenehme Stille, da wir beide nicht wissen, worüber wir reden sollen. »Warst du schon mal in meiner Schule?«, frage ich sie nach einer gefühlten Ewigkeit. »Ja, aber nur ein einziges Mal und da waren wir auch nur im Sekretariat und im Büro des Schulleiters. Aber das hat gereicht, um zu sehen, dass deine Schule schöner ist als meine.« »Sieht deine Schule denn so schlimm aus?«, frage ich sie. »Schlimm ist gar kein Ausdruck. Von den Wänden fiel der Putz ab, viele Tafeln waren kaputt und von den Toiletten möchte ich gar nicht erst anfangen...« »Oh je, bist du -« »Hier sind eure Döner«, unterbricht mich plötzlich ein Mitarbeiter, der unsere Döner vor uns abstellt. »Danke«, antworten wir beide. »Lass es dir schmecken«, sage ich zu Luna. »Du dir auch«, antwortet sie.

Nachdem ich den ersten Bissen heruntergeschluckt habe, setze ich meine Frage fort: »Bist du froh darüber, dass deine Schule geschlossen wurde und du jetzt auf meine kommst?« »Ja, schon. Es ist zwar blöd, dass nicht alle aus meiner alten Klasse auch auf die Schule kommen, aber damit kann ich leben.« »Das ist wirklich blöd. Hast du denn trotzdem noch Kontakt mit ihnen?« »Kontakt, ja. Aber manche sind weggezogen. Ich glaube auch nicht, dass ich mich mit denen, die auf andere Schulen gehen, treffen werde. Dafür ist die Freundschaft nicht eng genug.« »Oh, verstehe.« Ich schweige für einen Moment. »Mal was ganz anderes, was würdest du gerne mal machen, wozu du aber bisher nie die Gelegenheit, das Geld oder die Zeit hattest?« Sie sieht mich überrascht an, denkt kurz über meine Frage nach und antwortet: »Die Frage habe ich noch nie gestellt bekommen. Aber mir fallen mehrere Sachen ein. Ich würde gerne einmal in einem teuren Porsche mitfahren, ich würde gerne mal nach New York und Los Angeles und ich würde gerne mal bei jemanden ein Umstyling machen. Und bei dir?« »Ich würde gerne mal in die Schweiz, aber nicht in einer der Großstädte, sondern in die Berge. Warum willst du bei wem ein Umstyling machen?« »Ich möchte später gerne was in die Richtung Typberatung machen, da wäre das eine gute Übung. Außerdem macht es Spaß, finde ich. Warum möchtest du in die Schweiz und dann noch ausgerechnet in die Berge? Es gibt doch auch andere schöne Länder?« »Ich finde die Schweiz wunderschön, vor allem die Berglandschaft und die Ruhe, die dort herrscht.« Während wir essen, unterhalten wir uns weiter und ich bin überrascht, wie angenehm locker das Gespräch ist und wie leicht ich mit Luna über alles Mögliche reden kann.

Als wir fertig sind, wischt Luna sich die Hände und den Mund mit ihrer Serviette ab und kramt in ihrer Tasche. »Ich gehe kurz bezahlen«, sagt sie, während sie aufsteht. »Ok.« Auch ich wische meine Hände und Mund ab, dann ziehe ich mir meine Jacke an und warte auf Luna. »Hast du Lust, noch etwas spazieren zu gehen?«, fragt sie mich, als sie wieder zurückkommt. Ich schaue kurz auf die Uhr und antworte: »Ja, gerne. Es ist ja noch früh.« »Wann musst du zuhause sein?« »So um 17:30 Uhr«, antworte ich. »Ach, das ist ja noch etwas hin.« Gerade als ich aufstehe, durchzuckt ein Schmerz mein linkes Bein, weshalb ich bei den ersten Schritten zur Tür leicht humple. Ich öffne die Tür für Luna und stütze mich dabei auf der Klinke ab, obwohl ich weiß, dass der Schmerz dadurch nicht weniger wird.

Ich habe zwar noch immer Schmerzen, versuche aber, nicht zu humpeln. Das scheint mir nicht besonders gut zu gelingen, denn Luna schaut mich kurz komisch an und ich glaube, auch einen Anflug von Besorgnis in ihrem Blick zu erkennen.

Wir spazieren zwei Stunden lang durch die Stadt und den naheliegenden Park, während wir uns weiter über alles Mögliche unterhalten. »Ich muss jetzt so langsam los, aber wenn du möchtest, können wir das gerne wiederholen«, sage ich zu Luna. »Ja, gerne. Wann bist du das nächste Mal wieder bei uns?« »Ich bin am Montag so um 14:00 Uhr wieder da.« »Was macht ihr denn dieses Mal?«

Eine halbe Stunde später stehen wir immer noch an derselben Stelle und reden. »So, jetzt muss ich aber wirklich gehen. Bis Montag.« »Bis Montag«, antwortet mir Luna. Als ich nach Hause laufe fällt mir auf, dass Luna am Ende deutlich besser gelaunt war. Dann bemerke ich, dass auch ich ungewöhnlich fröhlich bin, und kann ein Lächeln nicht unterdrücken.

Abends, als ich schon in meinem Zimmer bin, schreibt mir Anna.

Hey Jonas, wie war es?

Hey Anna, es war super, wir waren danach noch über zwei Stunden lang spazieren.

Das freut mich, du musst mir morgen alles erzählen.

Ja, mache ich.

Dann schalte ich mein Handy aus und lege mich hin. Aber anstatt einzuschlafen, liege ich wach und fange wie so oft an, zu grübeln. Ich überlege, warum ich diese Schmerzen habe. Nach einer Weile komme ich wieder auf den Gedanken, dass ich Krebs haben könnte, gleichzeitig weiß ich auch, dass das Schwachsinn ist. Der Gedanke lässt mich dennoch nicht direkt wieder los und ich überlege, wie meine Eltern und Freunde darauf reagieren würden, wenn sie davon erfahren würden. Um mich von dem Thema abzulenken, denke ich über Luna nach. Sie ist sehr nett und auch schön, aber ich empfinde nichts für sie. Selbst wenn ich etwas für sie empfinden würde, würde ich es wahrscheinlich nicht merken, denke ich. Ich weiß nicht, was Liebe ist oder wie sich Liebe anfühlt, ich habe noch nie jemanden so wirklich geliebt. Die Mädchen, mit denen ich bisher zusammen war, waren zwar schön, aber so wirklich verliebt war ich nicht.

Immer, wenn ich ein Pärchen sehe, empfinde ich Neid, denn ich weiß, ich werde sowas nie haben oder empfinden. Direkt fühle ich mich wieder wie ein Monster, weil ich nicht fühlen kann. Ich habe auch schon lange nicht mehr geweint, auch wenn irgendetwas traurig war. Auch frage ich mich, wie andere so eine enge Verbindung zu ihren Eltern haben können. Ich habe keine wirklich enge Verbindung mit meinen Eltern, ich bin oft unterwegs und sie auch. Dann frage ich mich, ob ich mehr Freunde hätte, wenn ich teure Markenklamotten anziehen würde. Ich mag zwar Anna, Fiona und Ben, aber manchmal wünsche ich mir, dass ich mehr Freunde hätte. So geht es noch lange Zeit weiter, bis ich irgendwann einschlafe.

5. Kapitel

Als ich um 14:00 Uhr bei den Schneiders klingele, macht mir Herr Schneider direkt auf. Wir begrüßen uns und gehen dann gemeinsam in den Garten. »Das Holz habe ich schon letzte Woche besorgt, den Gummihammer und die Wasserwaage habe ich auch schon geholt«, erklärt Herr Schneider munter, während er die Terrassentür aufmacht. Ich nehme mir die erste Steinplatte und lege sie neben die acht Platten von letzter Woche. Erst kontrolliere ich, ob sie gerade liegt, dann nehme ich mir wie letzte Woche den Gummihammer und haue auf die richtige Stelle. Als die Steinplatte gerade ist, hat Herr Schneider mir auch schon die nächste gebracht. Knapp anderthalb Stunden später liegen alle Platten gerade nebeneinander.

Wir machen eine kurze Pause und trinken etwas. Danach frage ich Herr Schneider: »Sollen wir dann jetzt die Balken hinstellen?« »Sehr gerne.« Wir gehen zu den Balken, die neben den restlichen Steinplatten liegen, und suchen uns die vier für die Ecken heraus. Ich nehme mir zwei und bitte Herrn Schneider, noch ein langes Brett mitzunehmen. Mit den Balken gehe ich zurück und lege sie so auf die Steinplatten, dass sie nicht mehr bewegt werden müssen, wenn man sie aufstellt. »Sie halten hier an der Seite den Balken und das Brett fest, während ich beides festmache«, sage ich. »Ist es nicht schlauer, es auf dem Boden festzuschrauben und dann aufzustellen?«, kommt es plötzlich von der Terrassentür. Dort steht Luna, die uns neugierig anschaut. »Oh, stimmt. Das ist viel einfacher, danke.« »Gerne.« Ich schraube das Brett mit den Balken so zusammen, dass es aussieht wie ein »H«. Danach machen wir dasselbe mit den anderen zwei Balken.

Dann frage ich Luna, die immer noch in der Tür steht: »Könntest du uns bitte die zwei längeren Balken und noch ein Brett bringen?« »Ja, klar«, antwortet sie, während sie die Balken sucht. »Oh«, sage ich, als ich merke, dass ich noch einen Balken vergessen habe. Ich gehe zum Holzstapel und hole mir den vergessenen Balken. Nachdem ich die drei Balken zusammengeschraubt habe, ist der Türrahmen für das Gartenhaus fertig. Die zwei Bretter mache ich so an den Balken fest, dass sie auch mit dem Türrahmen verbunden sind. »Luna, könntest du bitte mit Herr Schneider die zwei Wände festhalten, während ich sie zusammenschraube?« »Klar«, antwortet sie und geht zum rechten Balken. Ich gehe zum linken Balken, damit wir die Wand gemeinsam aufstellen können.

Dann stelle ich mich neben Herr Schneider und gemeinsam bringen wir auch die Rückwand an ihre vorgesehene Stelle. Um die zwei nicht zu lange der schweren Last auszusetzen, nehme ich mir schnell die zwei Bretter und mache jeweils eins pro Seite fest. Wir halten alle die Luft an, als Luna und Herr Schneider sich von der Konstruktion entfernen. »Hat doch super funktioniert«, sage ich. »Ja, das reicht aber dann auch für heute. Danke Luna für deine Hilfe«, erwidert Herr Schneider. »Kein Problem«, antwortet Luna, dreht sich um und geht wieder rein. »Nächste Woche ist auch die Tür da. Ich habe einen Freund gefragt, ob er uns bei der Dachpappe helfen kann und er hat zugestimmt. Er würde es machen, wenn wir fertig sind.« »Ok, gut. Ich bin am Montag wieder so wie heute hier.« »Hervorragend. Möchtest du noch was trinken, bevor du gehst?« Ich überlege kurz und antworte dann: »Ja, gerne.«

20 Minuten später habe ich mich von Herr Schneider verabschiedet und bin auf dem Weg nach Hause. Nach kurzer Überlegung nehme ich mein Handy raus und öffne den Chat mit Luna.

Hi Luna, ich wollte mich kurz noch bei dir bedanken, allein hätten wir es nicht geschafft.

Hey Jonas, kein Thema, es hat mir Spaß gemacht euch zu helfen.

Wenn du möchtest, kannst du ja auch nächste Woche helfen.

Ja vielleicht, ich schaue mal. Hast du vielleicht wieder Lust, am Freitag einen Döner essen zu gehen?

Gerne, aber nur wenn ich dieses Mal bezahlen darf.

Das lässt sich einrichten ;) Sollen wir uns wieder zur selben Zeit und am selben Ort wie letzte Woche treffen?

Ja. Mitten in der Nachricht stoppe ich, da ich plötzlich einen starken Schmerz in der Brust bekomme. Auch das Atmen ist plötzlich schmerzhaft. Erst nach einigen Minuten hört der Schmerz endlich wieder auf. Ich schaue auf mein Handy und sehe, dass mir Luna mehrere Nachrichten geschrieben hat.

Jonas, lebst du noch? Haha

Hallo, alles gut?

Jonas???

Ja, ich lebe noch. Ja, mir geht's gut. Sorry, dass ich kurz weg war.

Was war denn los?

Da mir nichts Besseres einfällt, antworte ich: *Nicht so wichtig. Was ich gerade eben schreiben wollte, ich freu mich schon.*

Ok. Ich freue mich auch.

Ich muss jetzt aufhören, wir sehen uns am Freitag.

Ja, bis Freitag

Nachdem ich mein Handy weggepackt habe, gerate ich ins Grübeln. Vor meinen Freunden konnte ich meine Schmerzen immer verstecken und sie kaufen mir meine Lügen auch immer ab. Aber Luna nicht, und wenn das so weiter geht, weiß sie es noch irgendwann. Das macht mir Angst.

6. Kapitel

10 Minuten nach Beginn des Englischunterrichts gehe ich nach vorne zu Frau Bauer, während wir auf den Rest der Klasse warten. Als ich wieder bei meinem Platz bin, fragt mich Anna, was ich mit Frau Bauer besprochen habe. Ich antworte nicht darauf, stattdessen krame ich in meinem Ranzen. Dann frage sie: »Kommst du mit mir raus?« »Ja.« Ohne weiter nachzufragen, folgt sie mir stumm aus der Klasse. In einer stillen Ecke lasse ich mich an der Wand auf den Boden fallen und lasse alles raus, was sich in den letzten Jahren angesammelt hat. Ich spüre, wie mir die Tränen die Wangen herunterfließen, aber es ist mir egal. Immer wieder sage ich: »Ich kann das alles nicht mehr.«

Es dauert einige Minuten, bis ich mich wieder etwas beruhigt habe. Wie ich feststelle, hat sich Anna mir gegenübergesetzt. »Möchtest du mir erzählen, warum du geweint hast und was du nicht mehr kannst?« Ich hole den Zettel aus meiner Hosentasche, auf dem ich jeden Morgen meine Schmerzen aufschreibe, und schmeiße ihn zu ihr rüber. Verwundert nimmt sie ihn vom Boden und entfaltet ihn.

»Was soll das bedeuten?« »Alle Schmerzen, die auf dem Zettel stehen, habe ich mindestens einmal bisher gehabt.« »Du wächst doch noch.« »Ich weiß nicht, ob du das sagst, um mich oder dich zu beruhigen oder weil du es wirklich glaubst. Aber ich glaube es nicht, früher als es angefangen hat, ja, aber das glaube ich schon lange nicht mehr.« »Und was meinst du mit, du kannst es nicht mehr?« »Ich habe Phasen, wo ich nichts habe und denke es ist vorbei, aber die restliche Zeit habe ich fast jeden Tag irgendwo Schmerzen. Wenn ich morgens aufwache, habe ich Angst, weil ich nicht weiß, ob ich Schmerzen haben werde und wenn ja, wie stark sie sein und wie lange sie andauern werden. Ich habe oft den Wunsch, vor allem wenn ich gerade Schmerzen habe, dass ich wie auch immer direkt sterbe. Dann werde ich unvorsichtig und manchmal fordere ich es sogar heraus. Und das, obwohl ich in der schmerzfreien Phase Angst vor dem Tod habe...« »Wow, ich dachte meine Menstruationsschmerzen seien schlimm. Ich muss gestehen, dass ich geschockt bin und nicht wirklich weiß, was ich jetzt darauf sagen soll... Warst du schonmal beim Arzt?« »Nein, ich habe zu große Angst davor, was rauskommt. Wenn ich es nicht weiß, kann ich mir einreden, dass es harmlos ist, vielleicht ist es auch harmlos. Aber was, wenn nicht? Was wenn ich Krebs oder irgendetwas anderes Schlimmes habe? Dann wären alle traurig und ich könnte mein Leben nicht mehr genießen.« »Ja, das verstehe ich irgendwie, auch wenn ich mir nicht vorstellen kann, in deiner Haut zu stecken. Aber wenn es zum Beispiel Krebs wäre, könnte man es doch heilen, zum Beispiel über Chemo oder OP.« »Aber die Wahrscheinlichkeit, dass der Krebs dann weg ist, liegt nicht bei 100 %. Wenn, dann möchte ich mein Leben so lange wie möglich genießen können.« »Weiß es Luna?« »Nein, du bist die Einzige. Aber sie hat leider schon mehrmals mitbekommen, wie ich Schmerzen hatte. Ich glaube, sie weiß, dass etwas nicht stimmt.«

Wieder fange ich an zu weinen, aber dieses Mal nimmt mich Anna in den Arm. »Anna, ich habe Angst,« sage ich, in ihre Schulter. »Du musst keine Angst haben, es wird alles wieder gut.« Ich weiß, dass sie mich nur trösten will, aber ich klammere mich an ihren Worten fest.

»Liebst du eigentlich Luna?« »Du weißt, wie ich zu dem Thema stehe.« »Ja, ich weiß. Aber das heißt nicht, dass du dich nicht verlieben kannst. Wir verlieben uns nicht, wenn wir es wollen, sondern es passiert einfach so. Auch bei dir, ob du es willst oder nicht.« »Aber ich weiß nicht mal, was Liebe ist oder wie ich weiß, ob ich in sie verliebt bin.« »Wenn du jeden Abend mit ihrem Gesicht vor Augen einschläfst und jeden Morgen mit ihrem Gesicht aufwachst. Wenn du von morgens bis abends an sie denkst, wenn du sie den ganzen Tag bei dir haben möchtest, wenn ihr euch über alles unterhalten könnt und selbst die Stille schön ist, dann bist du auf jeden Fall in sie verliebt.«

Nach einigen Minuten Stille stehe ich langsam wieder auf. »Danke. Ich hoffe, ich habe dich nicht verstört.« »Kein Problem. Nein, keine Sorge, hast du nicht.« »Was ich dir noch erzählen wollte, ich treffe mich am Freitag wieder mit Luna.« »Das freut mich für dich.«

Wir gehen zurück in die Klasse und merken, dass die Pause schon angefangen hat. Draußen bei Fiona und Ben angekommen, fragen sie direkt, wo wir die ganze Zeit waren. »Mir ging es nicht so gut, jetzt geht es mir aber wieder besser« antworte ich bloß.

Nach einer kurzen Pause sagt Anna zu Fiona: »Jonas hat am Freitag wieder ein Date.« »Uh, ich will deine Trauzeugin sein,« antwortet Fiona aufgeregt. »Mein Gott, ihr seid echt schlimm. Wir sind nur Freunde und mehr nicht, wie oft muss ich euch das noch erklären.« Fiona wedelt mit der Hand vor meinem Gesicht herum. »Bla, bla, versprich mir, dass ich deine Trauzeugin sein werde.« »Wenn ihr beide mir mit dem Thema nicht mehr auf die Nerven geht, von mir aus. Aber bei dem kleinsten dummen Kommentar nehm ich das zurück.« Nach kurzem Zögern antwortet Fiona widerwillig: »Ja, versprochen.« Anna schließt sich ihr an und die beiden kichern.

7. Kapitel

Wieder einmal bin ich wieder zu früh und finde mich auf derselben Bank wieder, auf der ich auch letztes Mal auf Luna gewartet habe. Genau wie letzte Woche sehe ich sie schon aus mehreren Metern Entfernung. Dieses Mal trägt sie eine graue Jogginghose und einen grauen Pullover. Als sie mich entdeckt, lächelt sie. Ich spüre ein leichtes Kribbeln im Bauch. Sind das diese Schmetterlinge, von denen man immer spricht, oder spielt mein Bauch einfach nur verrückt?

Wir umarmen uns lange. Nachdem wir uns gelöst haben, schaue ich ihr ins Gesicht und sehe, dass ihr eine Träne die Wange herunterkullert. Dabei fällt mir auf, dass sie dunkle Augenringe hat. »Ja, ich weiß. Ich sehe schrecklich aus, ich habe mich heute nicht geschminkt.« »Du warst letztes Mal geschminkt?« frage ich sie. »Die meisten hätten jetzt gesagt: »Du brauchst dich nicht zu schminken, du bist schön genug.«, antwortet sie in gespielter Verärgerung. »Ja, ich war letztes Mal geschminkt.« »Natürlich brauchst du dich nicht zu schminken. Hast du die Augenringe schon die ganze Zeit?« »Ja, aber bis heute habe ich sie immer abgedeckt.« »Schläfst du denn so schlecht?« »Ich habe das letzte Mal vor drei Wochen richtig geschlafen. Jetzt bin ich froh, wenn ich zwei Stunden Schlaf bekomme.« Ich merke, dass sie nicht weiter darüber reden möchte, und belasse es dabei. »Wollen wir rein gehen?«, frage ich. »Ja, gerne.«

Nachdem wir bestellt haben, setzen wir uns an einen freien Platz. »Ich komme doch erst am 6.2. auf deine Schule,« kommt es plötzlich von Luna. »Oh, warum das?« »Der Direktor meinte, es wäre besser, erst mit dem neuen Halbjahr anzufangen.« »Wenn er meint.«

Als wir unsere Döner bekommen haben, sage ich ein wenig unsicher: »Ehm, du hattest doch letztes Mal davon gesprochen, gerne mal ein Umstyling bei wem machen zu wollen.« »Ja, ich weiß. Warum fragst du?« Nach einer kurzen Pause antworte ich: »Also, ich wollte dich fragen... ob du das bei mir machen möchtest?« Sie schaut mich verwundert an. Da sie nicht direkt antwortet, befürchte ich schon, dass es doch keine so gute Idee war. »Ok, ich mach es. Wenn du es wirklich möchtest?« »Ja, ich möchte es. Ich habe die letzten Tage oft darüber nachgedacht.« Sie lächelt. »Gut, als erstes müssen wir zu dir. Aber nicht heute.« »Was hältst du von nächste Woche Samstag?« »Ja, Samstag passt bei mir«, antwortet sie und fängt an, ihren Döner zu essen.

»Ich habe noch eine Bedingung: Ich möchte nicht von allem hundert Exemplare. Dafür würde mein Kleiderschrank auch gar nicht reichen.« Ich beiße auch in meinen Döner. »Das verstehe ich, so viel Kleidung habe ich auch nicht.« Ich schaue sie überrascht an. »Ich weiß ja nicht, ob ich das glauben kann.« »Glaub es oder nicht, ich kann es dir ja am Montag beweisen.« »Ja, gerne.«

»Sollen wir uns nächste Woche Freitag wieder hier treffen?«, frage ich sie, nachdem wir beide unsere Döner aufgegessen haben. »Gerne, aber nächste Woche bezahl ich wieder. Du musst nächste Woche noch genug Geld ausgeben.«, sagt sie grinsend »Ok.« Ich suche mein Portemonnaie aus meiner Schultasche heraus, stehe auf und gehe bezahlen. Zurück am Tisch frage ich sie: »Hast du Lust, noch etwas spazieren zu gehen?« »Ja«, antwortet sie mit einem Lächeln und zieht ihre Jacke an. Ich stecke mein Portemonnaie zurück in meine Tasche und nehme mir meine Jacke.

Im Park durchzuckt mich plötzlich wieder der Schmerz, weshalb ich scharf einatme. »Alles in Ordnung?«, fragt mich Luna. »Ja, ja, alles gut«, antworte ich mit zusammengebissenen Zähnen. Schon wenig später breitet sich der Schmerz allerdings vom Herzen auf die gesamte Brust aus. Anscheinend sieht man mir meine Schmerzen an, denn Luna kommt zu mir und frag mich ganz besorgt: »Alles gut, was ist los?« Erst als die Schmerzen in meiner Brust und im Herzen abgeflaut sind, antworte ich ihr: »Mir geht es gut.« »Das kannst du deiner Großmutter erzählen, also was war das gerade?«

Ich überlege kurz und schaue ihr dann direkt in die Augen. »Luna, man kann nicht über alle Geheimnisse oder Probleme reden.« Dann drehe ich mich um, damit wir unseren Spaziergang fortsetzen. Doch Luna packt mich am Arm und entgegnet: »Man kann schon, Jonas, aber du musst es selbst wollen. Ich kann dich nicht dazu zwingen, aber es ist nicht gut seine Geheimnisse in sich hineinzufressen.« »Irgendwann erzähle ich es dir vielleicht, aber du bist auch nicht gerade ein offenes Buch. Jeder hat seine Geheimnisse.« Ohne nochmal über dieses Thema zu sprechen, gehen wir noch eine Stunde spazieren, bis ich nach Hause muss.

8. Kapitel

In ein paar Minuten kommt Luna, deshalb räume ich gerade noch etwas mein Zimmer auf. Als ich gerade das letzte Teil in meinen Kleiderschrank geräumt habe, klingelt es auch schon. Wir umarmen uns kurz, als sie oben ist, dann sage ich: »Hey, komm rein. Meine Eltern sind einkaufen, also sind wir ungestört.« Während ich ihre Jacke aufhänge und mit ihr in mein Zimmer gehe, antwortet sie: »Super. Ich frage dich jetzt nur noch einmal, möchtest du es wirklich machen?« »Ja, ich möchte es. Ich bin mir zu 100 % sicher.« »Gut, ich würde jetzt gerne mit dir deinen Kleiderschrank durchgehen. Ist da irgendetwas drinnen, was ich nicht sehen soll?« »Ähm, nein, nicht das ich wüsste.«

»Wow, du hast wirklich nicht viel Kleidung«, sagt Luna, als sie meinen Kleiderschrank aufmacht. »Siehst du, in den zwei Schubladen darunter habe ich Socken und Unterwäsche.« »So weit sind wir noch nicht, erstmal das hier.« Sie nimmt jeden Pullover einzeln raus, entfaltet ihn, schaut ihn sich an und faltet ihn dann wieder zusammen. Dann legt sie ihn auf mein Bett. Das wiederholt sie mit allen Oberteilen und Hosen, die in meinen Kleiderschrank sind.

Als alles auf meinem Bett liegt, dreht sie sich zu mir um und sagt: »Ein Teil der Oberteile sind schön, aber der andere Teil passt nicht zu dir. Bei den Hosen ist es ähnliches, ein Teil ist gut, der Rest ist verblichen und befleckt. Wir müssen nicht alles neu kaufen, aber einen Teil.« »Ok, damit habe ich irgendwie gerechnet.«

Nachdem sie kurz in die Schublade von den Socken geschaut hat, sagt sie: »Damit ich nicht in deiner Unterwäsche wühlen muss, frage ich einfach. Hast du Marke oder auch no name?« »No name.« »Ok, möchtest du die behalten oder auch neu kaufen? Die sieht ja eigentlich

keiner, deswegen.« Ich überlege kurz und antworte dann: »Behalten.«
»Gut, dann hätte wir das schonmal geklärt. Ich würde sagen, dass wir
die Sachen wieder zurück in den Schrank räumen und dann schauen,
wann wir shoppen gehen.« Ohne zu antworten, nehme ich mir einen
Teil von den Klamotten und räume sie wieder in den Schrank zurück.

Während sie auf meinem Schreibtischstuhlplatz genommen hat, sitze ich vor ihr auf dem Boden. »Da ich ja am Montag in deine Schule
komme, würde ich sagen, dass wir am 18.2. shoppen gehen. Oder was
meinst du?« »Ja, das geht für mich in Ordnung.«

9. Kapitel

»Ich bin gespannt, wie sie aussieht«, sagt Fiona auf dem Schulhof. »Sei nicht so ungeduldig, schau mich an, ich bin total entspannt«, sage ich, obwohl ich in Wirklichkeit sehr nervös bin.

Fünf Minuten vor Schulbeginn wird Luna von Frau Schneider vor der Schule abgesetzt. Ich gehe zu ihr und frage: »Nervös?« »Ja, schon.« Ich umarme sie und flüstere ihr zu: »Das musst du aber nicht sein.« »Wenn du das sagst.« Wir lösen uns wieder voneinander und gehen gemeinsam zum Sekretariat. Als Frau Bauer uns entgegenkommt, informiere ich sie: »Guten Morgen Frau Bauer, ich komme ein paar Minuten später. Ich begleite Luna noch in ihre neue Klasse.« »Ok, ich weiß Bescheid.« Beim Direktor sind wir schnell durch, allerdings hatte er ihre Bücher noch nicht zusammengestellt. Daher gehen wir mit ihm zusammen in den Keller, wo alle Bücher lagern, die nicht gebraucht werden.

Als ich endlich in meiner Klasse ankomme, sind bereits 25 Minuten des Unterrichts verstrichen. Glücklicherweise meckert Frau Bauer deswegen nicht. Kaum, dass die Stunde beendet ist, steht Fiona auch schon bei uns und fragt: »Jonas, was war das gerade eben? Das war doch keine freundschaftliche Umarmung.« »Doch es war eine freundschaftliche Umarmung, sie war etwas nervös, deswegen wollte ich sie etwas stärken.«

In der Pause kommt Luna zu mir und fragt: »Kann ich die Pause mit euch verbringen?« Ich schaue in die Runde, und da keiner etwas dagegen sagt, antworte ich: »Ja, klar.« Überraschenderweise halten sich Fiona und Anna mit ihren Fragen an Luna zurück.

Ich rechne damit, dass Luna auch in der zweiten Pause zu uns kommt. Allerdings habe ich am Anfang der Pause beobachtet, wie sie sich mit einer Gruppe Jungs unterhält. Da spüre ich eine kleine Spur von Eifersucht in mir aufsteigen. Direkt frage ich mich, ob ich nicht doch in sie verliebt bin. Ich merke, dass ich diese Frage nicht mit einem »nein« beantworten kann und möchte. Aber das werde ich Fiona und Anna nicht sagen, denn die zwei würden durchdrehen und das würde heißen, dass Luna es irgendwann mitbekommen würde.

Am Ende der letzten Stunde warte ich unten auf dem Schulhof, weil ich mit Luna zusammen zu ihr nachhause gehen wollte, schließlich ist ja wieder Montag. »Hey«, sagt Luna, die sich hinter mich gestellt hat. Vor Schreck bleibt mir fast das Herz stehen. »Mein Gott, hast du mich erschreckt.« »Sorry, wusste nicht, dass du so schreckhaft bist.« »Ach, alles gut. Wollen wir los?« »Ja, komm.«

Auf dem Weg zu ihr unterhalten wir uns zum meisten Teil über ihre Lehrer, ihre Klassenkameraden und über die Hausaufgaben. Ich biete ihr meine Hilfe an und freudig nimmt sie mein Angebot an. Beiläufig frage ich sie: »Hast du dich schon mit den Jungs aus der zweiten Pause angefreundet?« »Am Anfang wollte ich es, aber es hat sich rausgestellt, dass sie sehr unhöflich sind.« Ich würde gern weiter fragen, aber um nicht eifersüchtig zu wirken, wechsele ich das Thema. »Hilfst du heute wieder mit?« »Ja, aber nicht die ganze Zeit. Ich habe ja schließlich genügend Hausaufgaben.«

Wie versprochen gehe ich zu ihr hoch, nachdem ich anderthalb Stunden mit Herrn Schneider gebaut habe, um ihr bei den Hausaufgaben zu helfen. »Hey, hast du noch Aufgaben, bei denen ich dir helfen kann?« »Ja, du kommst genau richtig. Unter der Voraussetzung, du kannst Mathe.« »Ich will ja nicht angeben, aber ich hatte letztes Jahr eine eins in Mathe.« »Uh, super. In Mathe bin ich nämlich sehr schlecht.« »Warum? Mathe ist das einfachste Fach.« »Ha ha, ne ist klar. Das sagst du wahrscheinlich nur, weil du eine eins hast.« »Ja, kann sein.« »Was habt ihr denn noch am Gartenhaus gemacht?« »Zeit schinden gilt nicht.« »Och, komm. Ich habe keine Lust. Kannst du das nicht eventuell für mich machen?« »Nein. Ich helfe dir, dann geht es auch ganz schnell.« »Na gut.«

Sie setzt sich an ihren Schreibtisch, während ich mich daneben stelle. »Willst du vielleicht auch einen Stuhl?« »Ne, ich stehe gerne.« »Ok, wie du willst.« »Welches Thema habt ihr?« »Wir haben gerade das Thema Flächeninhalt.« »Uh, perfekt.« »Lass mich raten, es ist dein Lieblingsthema?« »Naja, eher eins meiner Lieblingsthemen. Welche Aufgaben musst du denn machen?« »Wir müssen Nummer eins und zwei machen.« Ich überfliege kurz die Aufgabenstellung. »Ok, hast du das Thema denn grob verstanden?« »Ja, also den Flächeninhalt von einem Quadrat bekomme ich hin, nur ab dem Parallelogramm bekomme ich Schwierigkeiten.« »Schau mal, du musst...«

Eine Stunde später sind die Aufgaben erledigt und auch verstanden. »Kontrolliert Frau Sauer bei euch die Hefte?«, frage ich sie, da ich eine ganze Seite in ihrem Heft vollgeschmiert habe. »Bisher ist sie immer rumgegangen.« »Sag ihr, dass ich das war, denn sie mag sowas eigentlich gar nicht.« »Ja, mache ich.«

10. Kapitel

Vor dem Dönerladen angekommen, schaue ich auf die Uhr. Es ist 9:50 Uhr, meine Verabredung mit Luna ist also erst in zehn Minuten. Ich bin sehr nervös, denn gleich gehe ich mit Luna shoppen und ich habe keine Ahnung, was mich erwartet.

Fünf Minuten zu früh sehe ich auch Luna, das erste Mal in meiner Gegenwart hat sie eine Jeans und ein langes Oberteil mit Lederjacke an. Bei mir angekommen, stelle ich fest, dass sie wieder dunkle Augenringe hat. »Hey, sind dir deine Jogginghosen und Pullover ausgegangen?«, frage ich sie, nachdem wir uns umarmt haben. »Nein, ich muss doch ordentlich aussehen, wenn wir shoppen gehen.« »Ah ja, wollen wir dann zur Bahn gehen?« »Ja, wir wollen doch keine Zeit verschwenden.«

Unsere Bahn steht schon an der Haltestelle, als wir in Sichtweite sind. »Scheiße, die bekommen wir niemals. Wann kommt die nächste?« »Ganz ruhig, die fährt erst in vier Minuten,« beruhige ich Luna.

Eine halbe Stunde später erreichen wir die Innenstadt der naheliegenden Großstadt. Beim Aussteigen aus der Bahn sagt Luna plötzlich: »Ach, ich habe ganz vergessen, nach deinen Schuhen zu schauen.« »Nicht schlimm, ich habe nur dieses eine Paar.« »Oh je, dann machen wir das als erstes.« Direkt am Anfang der Innenstadt befindet sich ein unter den Jugendlichen sehr bekanntes Schuhgeschäft. Zielstrebig geht Luna durch den Laden und bleibt vor einer Wand mit Schuhen stehen, nimmt sich einen Schuh und geht damit zu einem Verkäufer.

Ein paar Minuten später kommt sie mit einem Schuhkarton zurück. Als ich sehe, dass die Schuhe in meiner Größe sind, frage ich sie: »Woher weißt du meine Schuhgröße?« »Ich kann sowas halt gut erkennen.« Ich nehme den Karton und setze mich auf eine naheliegende Couch. Nachdem ich meine Schuhe ausgezogen habe, ziehe ich die weißen Sneaker an. »Geh mal ein paar Schritte,« fordert mich Luna auf.

»Und, wie ist es vom Gehen her?« »Ja, sie sind sehr bequem und auch nicht zu eng oder zu weit.« Während ich die Schuhe wieder ausziehe, ist Luna schon wieder verschwunden.

Es dauert nicht lange, da hält sie mir den nächsten Karton hin. Dieses Mal sind die Sneaker bunt.

»Wie ist es mit denen?« »Die sind genau so bequem wie die anderen.« »Gut, ein paar Schuhe kommen noch.«

Als nächstes probiere ich ein schwarzes Paar an. »Die Schuhe sind auch bequem,« greife ich Luna vor, als ich mit den Schuhen ein paar Schritte gegangen bin. »Gut, dann haben wir das schonmal.« Schnell ziehe ich meine Schuhe wieder an und gehe bezahlen.

Danach gehen wir zu einer großen Billigkette. Als erstes geht sie mit mir zu den Oberteilen. Sie schaut sich die Oberteile kurz an und sucht ein paar heraus. Danach führt sie mich zu den Umkleiden. »Setz dich schonmal in eine Umkleide, ich hole noch Hosen.« Einige Minuten später kommt sie mit vier Hosen zurück. Sie zeigt mir kurz, was ich in welcher Kombination anziehen soll, und verlässt dann die Umkleide.

Nacheinander ziehe ich die verschiedenen Kombinationen an und führe sie Luna vor. Es dauert zwar lange, alles anzuprobieren, aber am Ende bin ich sehr zufrieden. »Ich habe noch drei Jacken, die du anprobieren müsstest,« sagt Luna, während ich drinnen alle Sachen ordentlich falte. Nachdem alles gefaltet ist, gehe ich raus, um die Jacken anzuprobieren.

Mit zwei vollen Tüten verlassen wir den Laden schließlich. »Was hältst du davon, wenn wir noch eine Pizza essen gehen? Ich lade dich auch ein,« fragt mich Luna, kurz nachdem wir den Laden verlassen haben. »Ja, gerne. Kennst du denn eine Pizzeria hier in der Nähe?« Sie überlegt kurz. »Es ist ein paar Monate her, dass ich hier zuletzt war. Aber eigentlich müsste sie noch existieren.« »Das sehen wir ja gleich.«

Wir haben Glück, denn die Pizzeria existiert noch. Wir geben unsere Bestellung auf und setzen uns an einen Tisch. Kaum ist die Pizza bei uns, klaut mir Luna ein Stück von meiner Pizza. »Hey, das ist Diebstahl!«, sage ich und klaue mir ein Stück von ihrer Pizza. »Das auch.« »Ich habe es nur wieder ausgeglichen.« Sie versucht mehrmals, mir ein weiters Stück zu stibitzen, aber ich verteidige meine Pizza erfolgreich. Allerdings schaffe ich es einmal, ein zweites Stück von ihr zu nehmen.

In der Bahn fragt mich Luna: »Soll ich mit zu dir kommen? Wegen den Tüten.« »Ja, gerne.«

In der Stadt kommt uns ein Ehepaar entgegen, das gerade mit ihrer kleinen Tochter herumalbert. Ich sehe, wie Luna ihren Kopf wegdreht und Tränen ihr Gesicht runterlaufen. »Hey, was ist los?« Sie antwortet nicht und fängt nur an zu weinen. Ich stelle die Taschen ab und umarme sie. Zwischendurch flüstere ich ihr zu: »Es wird alles gut.«

Wir setzen uns gemeinsam auf eine Bank, als sie sich beruhigt hat. »Möchtest du sagen, was gerade los war?« »Die zwei mit ihrem Kind haben mich daran erinnert, dass ich sowas nie wieder haben werde.« »Wie meinst du das?« »Hast du dich noch nie gefragt, warum ich seit mehreren Wochen bei meinen Großeltern lebe?« »Nein, ich habe mir nie darüber Gedanken gemacht.«, gebe ich ein wenig beschämt zu. »Erinnerst du dich an den Tag, als ich bei ihnen geklingelt habe, während du im Vorgarten gearbeitet hast?« »Ja, ich erinnere mich noch gut an den Tag.« »An diesem Tag sind meine Eltern bei einem Autounfall gestorben.«

Als sie es ausgesprochen hat, fängt sie wieder an zu weinen. Dieses Mal allerdings fängt sie sich relativ schnell wieder. »Sie waren auf dem Weg zu einem Möbelgeschäft, auf der Autobahn wurden sie dann während eines Staus eingequetscht, als ein LKW auf ihr Auto aufgefahren ist.« »Das tut mir wirklich leid. Deswegen hast du also so oft geweint und schlecht geschlafen. Kommst du denn jetzt besser damit klar?« »Ja, ich habe zwar zwischendurch noch Momente wie gerade eben, da fange ich dann einfach an zu weinen. Oft träume ich auch nachts von ihnen und fast durchgehend vermisse ich sie.« »Ja, das verstehe ich. Wirst du jetzt für immer bei deinen Großeltern wohnen?« »Ja, werde ich. Sie haben auch schon meine Vormundschaft.« »Was hältst du davon, wenn du heute bei mir übernachtest und wir die ganze Zeit Filme schauen und uns mit Süßigkeiten vollstopfen?« Sie lächelt zaghaft. »Ja, warum nicht. Das müsste ich allerdings noch mit den beiden absprechen.« »Ok, aber ich habe nur einen Fernseher mit ganz normalem Programm und keine Seiten, wo wir Serien oder so schauen könnten.« »Was hältst du dann davon, wenn wir die Sachen zu dir bringen und dann zu mir gehen. Mein Bett ist größer, außerdem habe ich alles Mögliche, wo wir genug Auswahl hätten.« »Einverstanden.«

Zuhause angekommen gehe ich gemeinsam mit Luna zu meinen Eltern. »Das ist Luna, sie ist die Enkelin von Frau und Herr Schneider. Wenn es für euch in Ordnung wäre, würde ich gerne bei ihr übernachten. Wir wollen gemeinsam Filme schauen.« »Hallo Luna, freut mich dich kennenzulernen. Für mich geht es in Ordnung unter den Bedingungen, dass du spätestens morgen Abend vor dem Abendessen wieder zurück bist und ihr nicht zusammen in einem Bett schlaft,« kommt es von meiner Mutter. »Keine Sorge, ich bin frühzeitig wieder zurück. Wie sieht es mit dir aus Papa?« »Ich habe auch kein Problem, wenn ihr es treiben wollt, macht's, aber verhütet.« Bevor ich reagieren kann, kommt es schon von meiner Mutter: »Lukas!« »Was? Wir waren auch mal jung.«

Da meine Eltern gerade mit sich beschäftigt sind, drücke ich kurz und unauffällig die Hand von Luna, da ich merke, dass es ihr nicht leichtfällt. »Also darf ich heute bei Luna bleiben?« »Ja, darfst du, aber getrennte Betten,« sagt meine Mutter und schaut meinen Vater warnend an. »Gut, danke.«

Ich gehe mit Luna in mein Zimmer und schließe hinter mir die Türe. »Sorry wegen meinen Eltern, geht es?« »Alles gut.« »Wir wissen beide, dass das nicht stimmt.« »Ich kann doch nicht die ganze Zeit wegen Kleinigkeiten weinen.« »Du hast deine Eltern verloren, du kannst so lange weinen und traurig sein, wie du willst. Es kann dir keiner verübeln.« »Ja, du hast ja recht.« Ich fange an Klamotten, Popcorn und Chips in einem kleinen Beutel zu verstauen. Dann gehe ich zu meinen Eltern und verabschiede mich von ihnen.

»Hoffen wir mal, dass deine Großeltern zustimmen,« sage ich zu Luna, kurz bevor wir bei ihr ankommen. »Ich glaube schon, sie kennen dich und sie mögen dich.« Angekommen schließt Luna die Tür auf und geht mit mir in das Wohnzimmer, wo die beiden gerade Kuchen essen. »Oh, hallo Jonas, habe ich irgendetwas vergessen?« fragt mich Herr Schneider. »Hallo, nein, haben Sie nicht. Ich wollte, wenn es für sie in Ordnung ist, hier übernachten. Luna und ich wollten gemeinsam Filme schauen.« Frau Schneider fragt mich: »Hast du denn schon mit deinen Eltern gesprochen?« »Ja, wir kommen gerade von mir und meine Eltern sind damit einverstanden.« »Gut, dann kannst du gerne hier übernachten. Möchtest du mit uns auch Abendessen und frühstücken?« »Danke. Ja, gerne.«

Wir gehen hoch in Lunas Zimmer. Meinen Beutel lege ich beim Reinkommen neben der Tür ab. »Ist hier oben auch eine Toilette?« »Ja, die ist direkt gegenüber der Treppe.« »Ok, danke.« Als ich zurückkomme, hat sie bereits den Fernseher angeschaltet und sich bequeme Sachen angezogen. Sie drückt mir die Fernbedienung in die Hand und sagt: »Ich muss auch mal, kannst dir ja auch was Bequemes anziehen.« Schnell ziehe ich mir bequeme Sachen an und suche uns dann einen Film aus.

»Hast du schon einen gefunden?« fragt mich Luna, als sie wieder zurück ist. »Ja, ich habe so 'ne Liebesschnulze rausgesucht.« »Oh je, hoffentlich ist es nicht zu romantisch.« »Das sehen wir ja gleich, ich kenne den Film auch nicht.« Sie legt sich auf ihr Bett, ich allerdings bleibe unsicher im Raum stehen. »Du kannst dich ruhig auf mein Bett legen, ich beiße nicht.« Langsam gehe ich auf ihr Bett zu und lege mich an den Rand ihres Bettes. »Wenn du runterfällst, werde ich dich nur auslachen.« Ich verdrehe die Augen und rutsche weiter in ihre Richtung.

Passend zum Filmende klopft Frau Schneider an die Tür, um uns mitzuteilen, dass das Essen fertig ist. Ich stehe auf, um mich zu strecken, und sage zu Luna: »Ich fand den Film gut.« »Was für eine begeisterte Aussage«, zieht sie mich auf. »Ich fand den Film schön, aber nachher suche ich einen aus.« »Kannst du gerne machen.«

Direkt nach dem Essen gehen wir wieder hoch. »Willst du jetzt schon das Popcorn oder erst später?« Sie hält inne und antwortet: »Ich suche kurz noch einen Film und dann mache ich das Popcorn in der Mikrowelle. Dann müssen wir später nicht mehr runter.« Ich suche in meinem Beutel die zwei Packungen Mikrowellen-Popcorn raus und gebe sie Luna, als sie sich für einen Film entschieden hat.

Da das Popcorn ein paar Minuten braucht nutze ich die Zeit, um die Chips aufs Bett zu legen und mich in ihrem Zimmer umzusehen. Zwar war ich schonmal in ihrem Zimmer, hatte aber nie die Gelegenheit, es mir genauer anzugucken. Ihr Zimmer ist sehr sauber und aufgeräumt. Gegenüber ihrem Bett hat sie einen großen Kleiderschrak stehen, neben dem ein Schminktisch steht, den ich mir aus Neugier genauer anschaue. Laut frage ich mich: »Warum braucht man so viel Schminke?« Ihr ganzer Tisch ist voller Nagellack, Eyeliner, Lippenstift und was Mädchen sonst so alles benutzen. »Ich brauche ja auch genügend Auswahl,« kommt es plötzlich von der Tür, in der Luna mit einer Schüssel steht. »Ich habe dich gar nicht kommen hören.« »Setz dich mal auf meinen Schreibtischstuhl.« »Will ich wissen warum?« »Ich will dich schminken.« »Oh nein, vergiss es. Das mach ich nicht mit.« »Och komm schon. Ich kann dich auch gerne nachts schminken, während du schläfst, aber glaub mir, freiwillig ist besser. Außerdem kannst du es ja direkt danach wieder wegmachen.« Nach einigen Minuten der Überlegung gebe ich schließlich nach. »Wenn es sowieso sein muss, dann lieber freiwillig.« Unsicher setze ich mich auf ihren Stuhl. Luna stellt die Schüssel mit dem Popcorn beiseite und geht zu ihrem Schminktisch.

Sie überlegt einen Moment lang, dann nimmt sie sich etwas und kommt auf mich zu. »Still halten, ich gehe jetzt an deine Wimpern.«

Sie stellt sich vor mich und beugt sich dann zu mir runter. Während sie mit etwas Klobürsten-ähnlichem über meine Wimpern streicht, schaue ich ihr in die Augen, da sie nur eine Handbreit von mir entfernt sind. »Schau mich nicht so an, sonst vermale ich mich noch.« »Soll ich meine Augen schließen?« »Nein, dann kann ich es nicht machen.«

Später am Abend liegen wir in ihrem Bett und schauen uns einen Horrorfilm an. Die Popcornschüssel und die Chipstüte liegen zwischen uns. Am Ende des Films sind die Tüte und auch die Schüssel leer. Ich knülle die Tüte zu einer kleinen Kugel zusammen und lege sie in die Schlüssel, die ich dann auf den Bodenstelle. Luna fragt mich: »Willst wieder einen Film aussuchen?« »Such du lieber einen aus, ich kenne nicht so viele.«

Es wird wieder ein Liebesfilm, der fast drei Stunden geht. Ich schaue auf die Uhr und stelle fest, dass es schon 23 Uhr ist. Und frage mich, wer von uns beiden als erstes einschlafen wird. Während des Films frage ich: »Ist es für dich in Ordnung, wenn ich näherkomme? Die Wand ist nicht so bequem wie dein Kissen.« »Ja, klar. Warum nicht?« Da ihr Kissen nicht sehr breit ist, müssen wir uns etwas richten, bis wir es beide bequem haben, dafür berühren sich jetzt unsere Schulter und Arme.

Als der Film zu Ende ist, drehe ich mich zu Luna und stelle fest, dass sie eingeschlafen ist. Ich mache den Fernseher aus und decke uns beide zu. Um sie nicht zu wecken, versuche ich, mich nicht zu stark zu bewegen. Bevor ich einschlafe, legt sie ihren Kopf auf meine Schulter, woraufhin ich meinen Kopf auf ihren lege.

11. Kapitel

Als ich aufwache, drehe ich meinen Kopf zu Luna und stelle fest, dass sie schläft. Da es schon 11 Uhr ist, versuche ich sie zu wecken. Nach mehreren Anläufen wacht sie schließlich auf. Ohne ihren Kopf großartig von meiner Schulter zu nehmen, schaut sie mich an.

Sie sieht so schön aus, dass ich sie am liebsten küssen möchte. Solche Gedanken hatte ich noch nie. Ich sollte ihn so schnell wie möglich vergessen. Es könnte unsere Freundschaft zerstören und das will ich nicht. Ich will mir nicht mal vorstellen, wie es wäre, keinen Kontakt mehr mit ihr zu haben.

»Morgen,« sage ich, als ich merke, dass wir uns jetzt mehrere Minuten einfach nur angeschaut haben. »Morgen.« Anscheinend ist es ihr gerade auch erst bewusst geworden, denn sie wird rot und schaut schnell Richtung Uhr. »Wir haben schon 11 Uhr? So lange habe ich lang nicht mehr geschlafen.« »Das liegt an meiner bloßen Anwesenheit,« sage ich zum Spaß. »Ja klar, träum weiter. Sollen wir runter gehen und frühstücken?« »Ja, gerne.« »Ok, ich muss aber vorher ins Badezimmer.« Sie klettert über mich und schaut mir dabei für kurze Zeit in die Augen, während unsere Gesichter nur ein paar Millimetern voneinander entfernt sind. Dann steht sie auf, zieht ihre Pantoffeln an und geht raus.

Ich nutze die Zeit, um meine Gedanken zu sortieren, stehe auf und strecke mich. Dann ziehe auch ich meine Pantoffeln an und trete in den Flur. Gleichzeitig kommt auch Luna aus dem Badezimmer. Sie wartet, bis ich bei ihr bin, dann gehen wir gemeinsam runter. Frau und Herr Schneider sitzen zusammen am Esstisch, als wir ins Wohnzimmer kommen. »Morgen ihr zwei,« begrüßt uns Frau Schneider. »Morgen, habt ihr schon gefrühstückt?« fragt Luna, nachdem auch ich »morgen« gesagt habe. »Ja, wir wussten nicht, wie lange ihr noch schlafen werdet. Ich war auch oben, um zu schauen, ob ihr schon wach seid, aber ihr wart am Schlafen und da wollte ich euch nicht wecken,« sagt Frau Schneider zu uns. »Danke, das war nett von dir, Oma.« Sie steht auf und sagt: »Setzt euch schon mal, ich bringe euch das Frühstück.«

»Wie lange bleibst du denn bei uns, Jonas?« fragt mich Herr Schneider. »Ich wollte mich so um 14:30 Uhr auf den Weg machen.« »Ok, gut zu wissen.« »Was ist gut zu wissen?« fragt Frau Schneider als sie aus der Küche kommt. »Dass Jonas um 14:00 Uhr geht,« antwortet ihr Ehemann. »Wenn du möchtest, kannst du auch länger hierbleiben.« »Nein, ich muss leider noch Hausaufgaben machen.«

Als wir mit dem Frühstücken fertig sind, helfen wir noch kurz beim Aufräumen und gehen dann wieder hoch. »Was willst du die restlichen zwei Stunden noch machen?« frage ich Luna. »Sollen wir meine Lieblingsserie schauen?« »Ja, können wir gerne machen.« Wir legen uns wieder in ihr Bett, aber dieses Mal legen wir uns direkt nebeneinander.

Als der junge Mann in der Serie seiner Freundin das Frühstück ans Bett bringt, sagt Luna: »Ich hätte auch gerne einen Freund, der mich verwöhnt.« »Ihh, Kopfkino,« sage ich und muss lachen. »Boar Junge, und was heißt hier Ih? Außerdem meine ich, mit Essen und dergleichen.«

Nach zwei Folgen von ihrer Lieblingsserie, während derer wir mehr über die Liebe gequatscht haben als zuzuschauen, sage ich zu Luna: »So langsam sollte ich mich auf den Weg machen.« Ich mache aber keine Anstalten mich zu bewegen. Luna klettert, wie heute Morgen, über mich, dieses Mal allerdings bleibt sie länger über mir. Mein Blick verfängt sich in ihren wunderschönen grün-braunen Augen. Langsam bewegen sich unsere Gesichter aufeinander zu und einen Augenblick später liegen unsere Lippen aufeinander. Es fühlt sich einfach nur unglaublich an. Ihre Lippen sind so weich, tausende Schmetterlinge fliegen durch meinen Bauch. Einen langen Moment später lösen wir uns voneinander, wir beide atmen schwer, als wären wir gerade einen Marathon gelaufen.

Verlegen geht sie von mir runter und sagt: »Ich muss mal auf die Toilette.« Ich bin noch immer so überwältigt, dass ich ihr darauf gar nicht antworte. Ich kann noch nicht ganz glauben, dass wir uns gerade wirklich geküsst haben. Ich räume meine Sachen in meinen Beutel und ziehe mich kurz um, während ich nachdenke. Anscheinend geht es Luna genauso, denn sie braucht lange auf der Toilette. Zurück redet sie nicht mehr viel mit mir, so als würde sie den Kuss bereuen. Da ich die Stille nicht mag, nehme ich mir meinen Beutel und frage: »Kommst du noch mit runter?« »Ja.«

Ich gehe noch kurz zu Herrn und Frau Schneider, um mich von ihnen zu verabschieden. »Wir sehen uns morgen,« sage ich zu Luna und mache mich dann auf den Weg nach Hause.

Zuhause angekommen sage ich meinen Eltern »Hallo« und gehe direkt in mein Zimmer. Ich komme nur kurz zum Essen raus und verbringe den Rest der Zeit abwesend und nachdenklich in meinem Zimmer.

12. Kapitel

20.2.2017

Auch am Morgen bin ich nicht sehr gesprächig. Da die Sachen, die wir am Samstag gekauft haben, noch in der Wäsche sind, ziehe ich meine alten Sachen an.

In der Schule angekommen, halte ich Ausschau nach Luna, aber ich kann sie nirgends entdecken. Erst kurz vor Unterrichtsbeginn kommt sie auf den Schulhof. Sie bleibt am Eingang stehen und schaut sich um, aber als sie mich sieht, schaut sie schnell wieder weg. Sie macht einen großen Bogen um mich und verschwindet direkt im Schulgebäude. Anna flüstert mir ins Ohr: »Was war das gerade?« »Erkläre ich dir später.«

In der zweiten Stunde gehe ich nach vorne zu Herr Mühlheim und frage ihn, ob ich mit Anna an die Frischluft darf. Da er ja sagt, gehe ich zu Anna und sage ihr, dass sie mir folgen soll. Aus der Tür raus fragt sie mich: »Warum gehen wir raus?« »Ich will dir die Sache mit Luna erklären.«

Draußen setzen wir uns auf zwei große Steine, die an der Seite auf dem Schulhof liegen. »Wir haben uns gestern geküsst.« »Uhh, aber willst du mir nicht vielleicht die komplette Geschichte erzählen, denn es muss ja mehr passiert sein.« »Ich war am Samstag mit ihr shoppen und nachdem wir die Sachen zu mir gebracht haben, sind wir zu ihr gegangen. Wir haben ein paar Filme geschaut und uns viel unterhalten. Wir haben am Ende nebeneinander geschlafen, wobei das schon fast kuscheln war. Nach dem Frühstück haben wir dann noch zwei Folgen von ihrer Lieblingsserie geguckt, aber uns dabei die meiste Zeit über Liebe unterhalten. Als ich dann gesagt habe, dass ich so langsam eigentlich gehen muss, wollte sie über mich klettern. Sie ist über mir geblieben, dann ist es auch schon passiert. Kurz danach habe ich mich verabschiedet und bin gegangen.«

»Und wie ging es dir?« »Generell als ich bei ihr war, bei dem Kuss oder gerade eben als sie mich ignoriert hat?« »Mhh, alles.« »Ich war gut gelaunt, mir hat es Spaß gemacht, auch wo sie mich geschminkt hat…« »Warte mal, was??? Sie hat dich geschminkt?« »Ja, hat sie und ich sah nicht mal wie ein verunstalteter Clown aus.« »Das hätte ich zu gerne gesehen. Aber rede weiter.« »Also, ich fühle mich wohl in ihrer Umgebung, mir macht es Spaß, wenn ich mich mit ihr unterhalte und am liebsten würde ich durchgehend mit ihr Zeit verbringen. Und offen gesagt finde ich es beschissen, dass sie mich jetzt so ignoriert. Als wir uns geküsst haben, hatte ich das Gefühl zu fliegen. Am liebsten würde ich das die ganze Zeit machen. Ich habe gedacht, dass es ihr genauso geht, aber vielleicht lag ich da ja falsch.« »Vielleicht geht es ihr auch so, nur dass sie nicht weiß, wie sie mit ihren Gefühlen umgehen soll. Oder sie ist noch nicht bereit für eine Beziehung.« »Denkst du, ich sollte mal nachher mit ihr reden?« »Ja, solltest du. Es bringt euch beiden nichts, wenn ihr euch längere Zeit gegenseitig ignoriert. Dadurch wird es nicht besser.« »Ja, da hast du recht. Danke.«

Heute bin ich das letzte Mal bei den Schneiders, um am Gartenhaus zu arbeiten. Es sind nicht mehr viele Bretter, die noch befestigt werden müssen. Die ganze Zeit über bin ich abgelenkt, weil ich nicht weiß, wie das Gespräch mit ihr gleich wird. Leider sorgt das dafür, dass ich mir regelmäßig mit dem Hammer auf die Finger haue.

Nach 20 Minuten sagt Herr Schneider zu mir: »Du solltest mit ihr reden, sonst hast du nachher noch ganz platte Finger. Den Rest bekomme ich auch alleine hin.« Ich schaue ihn verlegen an, bedanke mich dann jedoch und mache mich auf den Weg zu Lunas Zimmer.

Vor ihrer Zimmertür atme ich nochmal kurz durch und klopfe dann an. »Ja.« Ich mache die Tür auf und schaue mich in ihrem Zimmer um, das ungewöhnlich unordentlich ist. »Mach hinter dir die Tür zu,« sagt Luna, die in ihrem Bett liegt. Ich bleibe im Raum stehen, weil ich nicht weiß, ob ich mich jetzt setzen soll und wohin. »Du weißt, warum ich hier bin?« Sie setzt sich in ihrem Bett auf und sagt: »Setz dich hin,« während sie neben sich aufs Bett klopft. Unsicher gehe ich zu ihr und setze mich mit etwas Abstand neben sie.

»Du bist hier, weil ich dich heute in der Schule ignoriert und umgangen habe.« »Eher vermieden, höflich gesagt, aber ja. Also warum? Habe ich gestern irgendetwas falsch gemacht?« »Nein, die zwei Tage und auch die Wochen davor waren wunderschön.« »Und warum ignorierst du mich dann?« Sie zögert kurz. »Ich wusste nicht, ob du den Kuss nicht vielleicht bereust. Ich weiß aber auch nicht, ob ich eine Beziehung möchte. Bisher haben mich die Jungs immer nur betrogen.« »Nein, ich bereue den Kuss ganz und gar nicht. Ich verstehe das, aber denkst du, dass ich dich betrügen würde?« Sie lächelt leicht und antwortet: »Nein, würdest du nicht.«

Nach mehreren Minuten des Schweigens frage ich schüchtern: »Also, was ist jetzt mit uns? Sollen wir Freunde bleiben, oder möchtest du es versuchen?« Als sie nach mehreren Minuten noch immer nicht geantwortet hat, fange ich an, die Frage zu bereuen. »Ich… ich möchte es versuchen.« »Bist du dir sicher? Ich möchte dich zu-« Plötzlich küsst sie mich. Erst bin ich etwas überrumpelt, aber es dauert nicht lange, bis ich den Kuss erwidere.

»Reicht das als Antwort?« fragt sie, als wir uns voneinander lösen. »Ja,« sage ich und küsse sie direkt wieder. Wir lösen uns erst voneinander, als uns die Luft ausgeht. »Scheiß Sauerstoff,« kommt von ihr, als sie wieder genügend Luft hat. Wir legen uns zusammen hin und kuscheln.

Ich muss wohl eingeschlafen sein, stelle ich fest, als ich auf die Uhr schaue, denn es ist schon 17 Uhr. Vorsichtig löse ich mich von der schlafenden Luna, küsse sie auf die Stirn und flüstere ihr zu, dass ich sie lieb hab. Dann decke ich sie zu und schleiche aus ihrem Zimmer.

»Anscheinend habt ihr euch vertragen,« sagt Frau Schneider, die mir auf der Treppe entgegenkommt. »Ja, aber woher wussten Sie das?« »Man konnte Luna gestern als du gegangen warst anmerken, dass irgendetwas vorgefallen war. Ich habe da auch so eine Vermutung, was passiert ist. Ist Luna wach?« »Nein, sie schläft, ich glaube sie war sehr müde.« »Ja, wenn zwei Liebende sich streiten, kommt der Schlaf meistens zu kurz,« sagt sie mit einem verschmitzten Lächeln und geht weiter. Mit offenem Mund bleibe ich kurz stehen, dann gehe ich schnell runter zu Herr Schneider, um mich zu verabschieden.

Abends überlege ich, ob ich Luna schreiben soll, lasse es aber sein, da sie wahrscheinlich eh am Schlafen ist.

13. Kapitel

So wie jeden Morgen stehen wir an unserem Platz und unterhalten uns. Luna hat bisher noch nichts geschrieben, auch wenn ich sie heute Morgen gefragt habe, ob sie sich zu uns stellt. Ich habe etwas Sorge, dass sie mich doch wieder ignoriert.

Der Gedanke löst sich aber auf, als mich jemand von hinten antippt, ich mich umdrehe und sich zwei wunderschöne Lippen auf meine legen. Wir küssen uns nicht lange, aber es fühlt sich trotzdem traumhaft an. »Morgen, warum hast du mir nicht geantwortet?« »Morgen, sorry mein Akku ist leer.«

Luna stellt sich neben mich, während ich mich umdrehe. Anna und Fiona grinsen über beide Ohren, nur Ben verzieht keine Miene. »Habt ihr es endlich geschafft, zusammenzukommen?« fragt Fiona. Fragend schaue ich zu Luna rüber, da wir darüber bisher nicht gesprochen haben. »Ja, haben wir,« antwortet sie und nimmt meine Hand in ihre.

Am Ende der letzten Stunde warte ich draußen auf Luna. Bei mir angekommen küsst sie mich kurz, dann fragt sie: »Könntest du mir vielleicht wieder bei Mathe helfen?« »Ja, klar.« »Super, danke.«

Bei ihr angekommen gehen wir direkt hoch, da ihre Großeltern nicht da sind. »Wobei brauchst du denn dieses Mal Hilfe?« »Ich verstehe nicht, wie das rechnen soll.« »Ok, hol dein Heft raus, dann erkläre ich es dir.«

Fertig mit Mathe legen wir uns in ihr Bett und kuscheln. »Ich glaube, dass deine Oma es schon weiß.« Luna schaut mich nur fragend an. »Dass wir zusammen sind.« »Woher soll sie das den wissen?« Ich erzähle ihr von der Begegnung gestern. »... kommt der Schlaf meistens zu kurz, dann ist sie einfach gegangen.« »Umso einfacher wird es, es den beiden zu erzählen.« »Ja, da hast du recht.« »Ich gehe nach unten, mir was zu essen machen, kommst du mit?« »Ja, klar. Ich bleibe doch nicht alleine.«

An der Zimmertür küssen ich sie und sage: »Wer als erstes unten ist.« Direkt mache ich die Tür auf und laufe los. Bei den Treppen versucht sie mich zu überholen, doch ich lasse sie nicht an mir vorbei.

Unten angekommen, sagt sie: »Unfair.« »Du willst einfach nur nicht wahrhaben, dass du verloren hast.« Sie streckt mir die Zunge raus, statt zu antworten. »Da ich gewonnen habe, bekomme ich auch eine Belohnung von dir?« »Das Einzige, was ein Schummler bekommt, ist ein Kuss.« »Das reicht mir vollkommen aus.«

Sie kommt auf mich zu und küsst mich, während wir uns weiter nach hinten bewegen. Gleichzeitig umschlinge ich sie mit meinen Armen. Nach kurzer Zeit spüre ich die Wand hinter mir, wodurch der Kuss noch intensiver wird, als ein Räuspern ertönt. Erschrocken lösen wir uns voneinander. »Ich störe wirklich ungern, aber könntet ihr bitte bei den Einkäufen helfen? Oder wollt ihr lieber in Lunas Zimmer verschwinden,« fragt Frau Schneider, die mit einem Lächeln und einer Tasche in der Tür steht.

Mit roten Gesichtern gehen Luna und ich raus zum Auto. Als Herr Schneider uns sieht, muss er lachen. Als wir wieder rein gehen, fragt uns Frau Schneider: »Ihr habt es also endlich geschafft?« »Ja, aber woher wusstest du das, außer durch das gerade im Flur?« »Eine Oma weiß alles und sieht alles.«

14. Kapitel

Etwas über einen Monat ist es jetzt her, dass ich mit Luna zusammengekommen bin. Es haben sich in der zwischen Zeit ein paar Dinge geändert.
Frau und Herr Schneider haben mir erlaubt sie zu duzen. Luna und ich
übernachten regelmäßig beieinander. Ich ziehe die neuen Sachen an und
habe sogar eine neue Frisur. Die größte Veränderung allerdings ist, dass ich
seit über einen Monat keine Schmerzen oder anderen Beschwerden mehr
hatte. Weswegen ich es auch überflüssig fand, Luna davon zu erzählen.

»Jetzt könnt ihr gehen,« sagt Herr Mühlheim. Schnell packe ich
meine Sachen ein und renne aus der Klasse. Beim Rennen bekomme
ich einen stechenden Schmerz in der Brust, weshalb ich direkt wieder
aufhöre. Beim Schultor angekommen küsse ich Luna und zusammen
machen wir uns auf den Weg zu ihr, da heute Freitag ist. Der Schmerz
ist zwar abgeflaut, aber erst abends ist er komplett verschwunden. Ich
hatte sowas noch nie, mache mir aber keine Sorgen, da ich es auf meine
Unsportlichkeit schiebe.

Nach dem Abendessen liegen Luna und ich in ihrem Bett. »Mir wird
warm, ich muss mir ein TShirt anziehen.« »Hast du überhaupt noch
eins hier?« »Ja, eins müsste ich noch hier haben.« Ich stehe auf und
gehe zu ihrem Schrank, wo ich ein kleines Fach habe. Dann drehe ich
mich mit dem Rücken zu ihr und ziehe mein Oberteil aus. »Spielver-
derber,« ruft Luna vom Bett.

Ich bewege meinen Körper etwas nach rechts, zu ihrem Spiegel hin,
und strecke ihr die Zunge raus. Dann fällt mein Blick auf meine Brust.
»Scheiße.«

Vor Schreck lasse ich mein Oberteil fallen. »Was ist los?« Schnell
ist Luna bei mir und schaut auf meine Brust. »Scheiße, was ist das?«

»Ich… ich hab keine Ahnung. Das war heute Morgen noch nicht da.
»Sicher? Vielleicht hast du es einfach nicht gesehen?« »Nein, ich bin
mir zu 100 % sicher.« »War heute irgendwas anders als sonst?«

Ich zögere und schaue sie an »Was ist? Dein Blick macht mir Angst.«
»Ich muss es dir wohl sagen, oder?« »Egal was es ist, Jonas, wenn du
denkst, dass es damit zu tun hat, solltest du es mir sagen.« »Wir sollten
uns lieber setzen.« »Du machst mir Angst.«

Wir setzen uns auf ihr Bett, kurz atme ich nochmal durch und fange
dann an. »Ja, es war etwas anders, anders als die letzten Male. Aber
dafür muss ich weiter ausholen. Es hat alles vor mehreren Jahren angefangen…«

Als ich alles erzählt habe, stehen Luna die Angst und Sorge ins Gesicht geschrieben. »Warum warst du noch nie beim Arzt?« »Ich habe
Angst davor, ich weiß, dass sowas nicht normal ist.« »Wir gehen am
Montag zusammen zum Arzt, wenn du dich weigerst, rufe ich dir auf
der Stelle einen Krankenwagen.« »Ok, ok ich gehe mit dir zum Arzt.
Aber du musst mir versprechen, es keinem zu erzählen, mindestens so
lange, bis ich das Ergebnis habe.« Sie schaut mich skeptisch an, nickt
dann aber. »Ok, einverstanden.«

15. Kapitel

Nervös schaue ich auf die Uhr. Es sind nur noch fünf Minuten, bis die Stunde vorbei ist. »Es ist besser, dass du endlich zum Arzt gehst. Vor allem, weil es nicht besser, sondern schlimmer geworden ist,« flüstert mir Anna zu. »Das heißt ja nicht, dass ich keine Angst haben muss.«

Eine Minute vor Schluss flüstert sie mir zu: »Es wird schon alles gut. Viel Glück.« Punkt genau zum Klingeln packe ich meine Sachen ein und gehe aus der Klasse. Zu meiner Überraschung steht Luna gegenüber der Tür. Ich gehe zu ihr und frage sie: »Warum bist du hier? Wir wollten uns doch vor der Schule treffen.« »Ich wollte verhindern, dass du dich mir und damit dem Arztbesuch entziehst.« »Keine Sorge, das wird nicht passieren.«

Wir gehen direkt zum Arzt, ohne unsere Schulsachen abzulegen. Beim Arzt angekommen, werden wir von der Arzthelferin komisch angeschaut, aber ohne Fragen zu stellen, schickt sie uns ins Wartezimmer. Als wir uns hingesetzt haben, nimmt Luna meine Hand in ihre, als wolle sie mir sagen, dass alles gut werde.

Nach 20 Minuten werde ich aufgerufen. Erst will ich gar nicht aufstehen, doch Luna zieht mich mit sich hoch. Im Behandlungszimmer begrüßt uns der Arzt und fragt, warum ich hier bin. Ich erzähle ihm alles und als ich fertig bin, fragt er: »Dürfte ich den Ausschlag sehen?« Ich ziehe mein Oberteil aus und er schaut sich meine Brust genau an. Er stellt einige Fragen und sagt dann: »Ich habe eine Vermutung, was es sein könnte, aber ich habe hier nicht die nötige Ausstattung. Deswegen würde ich einen Krankenwagen rufen, der dich ins Krankenhaus fährt.« »Sie meinen jetzt, jetzt direkt?« »Ja.« »Was.. was für einen Verdacht haben Sie?« »Ich möchte dir keine unnötige Angst machen, falls ich doch falsch liege, außerdem wäre die Erklärung sehr fachlich. Aber es ist durchaus dringend und ich möchte es überprüfen lassen.« »Ok«, sage ich und schlucke schwer.« »Wie kann ich deine Eltern erreichen?« »Am besten per Handy.« »Ok, ich würde sie dann gleich anrufen und zum Krankenhaus schicken. Setzt euch doch in der Zeit bitte ins Wartezimmer oder geht nach draußen. Aber bleibt hier in der Nähe.«

Geschockt machen Luna und ich uns auf den Weg nach draußen. Nach zehn Minuten kommt der Krankenwagen, der Rettungsdienst steigt aus und betritt die Praxis. »Meinst du, wir sollen auch reingehen?«, frage ich Luna. »Ja, dann müssen sie uns nicht suchen.« Wir gehen rein und bleiben neben dem Eingang stehen.

Es dauert ein paar Minuten, bis der Rettungsdienst aus dem Arztzimmer kommt. »Ah, Jonas, da seid ihr ja, ich hatte schon gedacht, ich muss euch jetzt suchen. Ich habe dem Rettungsdienst ein paar Sachen mitgeteilt. Ich wünsche dir eine gute Besserung.« »Danke.« Sofort ist er auch schon wieder bei sich im Zimmer verschwunden. »Darf meine Freundin mit?«, frage ich den Sanitäter. Er schaut sie kurz an und antwortet: »Ja, aber sie sitzt vorne bei meiner Kollegin.«

Im Krankenwagen setze ich mich links neben die Liege, der Rettungssanitäter setzt sich rechts daneben. Er stellt mir verschiedene allgemeine Fragen, dann schaut er mich etwas mitleidig an und fragt: »Wie lange hast du die Beschwerden schon?« »Seit ungefähr zwei Jahren.« »Und warum bist du nicht früher zum Arzt gegangen?« »Ich hatte Angst.« »Hast du jetzt keine Angst mehr?« »Doch, aber nicht mehr so sehr. Vor allem, weil ich weiß, dass Luna an meiner Seite sein wird.« »Luna ist deine Freundin, die vorne bei meiner Kollegin sitzt, richtig?« »Ja.« »Wie lange seid ihr den schon zusammen?« Ich überlege kurz und antworte: »Seit etwa einem Monat.«

»So, wir sind da.« Für einen kurzen Moment habe ich meine Umgebung und Situation vergessen, werde mir aber jetzt wieder schlagartig meiner Umstände bewusst. Der Sanitäter öffnet die Seitentür und steigt vor mir aus. Als seine Kollegin bei uns ist, gehen wir rein. Sofort werden wir von einem Arzt empfangen. »Hallo Jonas, ich bin Doktor Kassler. Ich werde dich untersuchen.« »Hallo.« Er schaut Luna an und fragt: »Und wer bist du?« »Luna, ich bin seine Freundin.« »Freut mich, dich kennenzulernen. Setzt euch doch bitte noch für einen Moment, ich muss mich gerade noch kurz mit den Rettungssanitätern unterhalten.«

Wir setzen uns auf die Stühle an der Wand, während der Arzt sich mit den zwei Rettungssanitätern von uns entfernt. Ich hoffe, etwas von ihrem Gespräch zu hören, aber leider sehe ich nur ihre mitleidigen und leicht schockierten Gesichtsausdrücke. Wenige Minuten später kommen sie wieder zu uns zurück. Die zwei vom Rettungsdienst verabschieden sich und wünschen mir alles Gute.

Im Behandlungszimmer fängt der Arzt an zu reden, nachdem wir uns gesetzt haben: »Dein Arzt hat mir durchgeben lassen, wie seine Theorie lautet. Um diese zu widerlegen oder zu bestätigen, würde ich dir gerne Blut abnehmen und ein CT machen, vorher allerdings habe ich ein paar Fragen an dich.«

Er stellt mir Fragen zu Art, Stelle und Regelmäßigkeit meiner Schmerzen, dann lege ich mich zum Blutabnehmen auf eine Liege. Als er noch eine zweite Ampulle mit meinem Blut füllt, kommentiert er das nur mit einem »vorsichtshalber«. Dann räumt er alles auf und sagt zu Luna: »Beim CT musst du draußen warten, du kannst entweder im Wartebereich Platz nehmen oder vorne in unserem kleinen Park.« »Wie lange wird es denn dauern?« fragt sie. »So genau kann ich das nicht sagen, aber ich schätze etwa zwei Stunden.« »Ok, danke.« Vor der Tür küsse ich sie kurz und wir verabschieden uns bis später.

In einem anderen Flügel des Krankenhauses betritt der Arzt wenig später das CT-Zimmer und beginnt mit den Vorbereitungen. Nach etwa einer halben Stunde bittet er mich herein, eine weitere halbe Stunde später wurde ich in die richtige Position gebracht und das CT gestartet.

Wieder draußen schaue ich auf die Uhr und stelle fest, dass ich drei Stunden lang beim CT war. Ein wenig später kommt auch der Arzt wieder raus und teilt mir mit, dass ein Teil meiner Blutergebnisse schon da ist. »Warum denn nur ein Teil?« »Wegen der erhaltenen Ergebnisse habe ich darum gebeten, weitere Tests durchzuführen. Darum hatte ich dir zwei Ampullen Blut abgenommen, sonst hätte ich dir jetzt nochmal Blut abnehmen müssen. So, jetzt suchen wir mal deine Freundin und deine Eltern.«

Auf dem Weg zum Wartebereich bekomme ich es langsam mit der Angst zu tun. Ich war für meine Eltern bisher immer kerngesund und jetzt müssen sie aus heiterem Himmel wegen mir ins Krankenhaus kommen.

Im Wartebereich angekommen sehe ich zuerst meine Mutter, die mich besorgt anschaut. Sie steht auf, kommt zu mir und während sie mich umarmt, fragt sie: »Was ist los? Dein Arzt meinte nur, dass du ins Krankenhaus eingeliefert wirst.«

Ich antworte nicht, weil ich nicht so recht weiß, was ich sagen soll. Als sie sich von mir löst, tritt der Arzt zu ihr und reicht ihr die Hand. »Guten Tag, ich bin Doktor Kassler und behandle Ihren Sohn. Ich würde vorschlagen, dass wir alle zusammen in mein Büro gehen und uns dort in Ruhe unterhalten.« »Darf ich auch mit?« fragt Luna. »Ja,« antwortet der Arzt. Auf dem Weg in sein Büro sagt keiner von uns ein Wort.

»Setzen Sie sich doch bitte,« sagt der Arzt, als wir in seinem Büro ankommen. Meine Eltern nehmen die Stühle und setzen sich neben der Couch, auf der Luna und ich Platz genommen haben. Der Arzt trägt seinen Stuhl um seinen Tisch herum und stellt ihn uns gegenüber.

»Ihr Sohn war heute Mittag wegen mehrerer Beschwerden bei seinem Hausarzt. Dieser sah dringenden Handlungsbedarf und hat einen Krankenwagen gerufen. Ich habe ihm Blut abgenommen und ein CT gemacht. Wie ich Ihrem Sohn eben schon erklärt habe, sind die Blutergebnisse zum Teil da. Der Rest der Ergebnisse folgt noch, da ich dieses Tests erst aufgrund der bereits erhaltenen Ergebnisse veranlasst habe.«

»Was sind denn die Beschwerden?« fragt mein Vater. »Ich werde jetzt nicht alles aufzählen, aber unter anderem Lungenschmerzen, Herzschmerzen, Beinschmerzen und einen Ausschlag auf der Brust«, antworte der Arzt netterweise für mich. »Warum hast du das denn noch nie gesagt? Wir wären doch direkt mit dir zum Arzt gefahren!«, fragt meine Mutter mich entgeistert. »Ich habe mir nie viel Gedanken drüber gemacht. Außerdem bin ich ja zum Arzt gegangen.« Der Arzt wartet noch kurz und sagt dann: »Die Schmerzen in den Beinen und den Füßen kann ich auf eine Fehlstellung zurückführen. Für den Rest hatte ich zunächst keine Erklärung, weshalb wir das CT gemacht haben.« Er macht eine kurze Pause, während derer der er sich im Raum umsieht. Dann schaut er uns alle nacheinander an und bleibt bei mir stehen. »Ich muss Ihnen leider mitteilen, dass Jonas Krebs hat.« Er holt tief Luft und sagt dann: »Er hat nur noch ein bis eineinhalb Jahre zu leben.«

Als Herr Kasslers Worte zu mir durchdringen, bricht alles in mir zusammen. Es fühlt sich an, als wäre ein Damm gebrochen. Nicht nur ich bin am Boden zerstört, auch meine Mutter, mein Vater und Luna. Der Schock und die Trauer stehen ihnen ins Gesicht geschrieben, ihre Wangen sind feucht von Tränen.

Nachdem sich alle beruhigt haben, fragt meine Mutter: »Was gibt es denn für Heilungsmöglichkeiten? Und wie hoch sind seine Überlebenschancen?« »Es gibt Heilungsmöglichkeiten. Durch eine Knochenmarkspende und eine Operation beziehungsweise eine Chemotherapie. Dabei liegen die Chancen bei etwa 50 %.« »Das hört sich nach Hoffnung an. Was können wir tun, damit er eine Knochenmarkspende bekommt?«, fragt Luna. »Zunächst müssen wir über eine Blutprobe die Eignung potenzieller Spender überprüfen. Sie als Eltern haben eine erhöhte Chance, als Spender infrage zu kommen.« Meine Eltern schauen sich an und ich weiß direkt, was sie als nächstes sagen werden. Wie aus der Pistole geschossen, kommt von ihnen: »Testen Sie unser Blut.« »Prima, ich rufe eine Krankenschwester.« Luna fragt:

»Dürfen Sie mein Blut auch testen?« »Nur mit dem Einverständnis deiner Erziehungsberechtigten.« »Dann werde ich gerade mal meine Großeltern anrufen.« Mit diesem Satz steht sie auf und verlässt den Raum, um zu telefonieren.

In der Zwischenzeit kommt eine Krankenschwester mit Kanülen und Ampullen ins Büro, um meinen Eltern Blut abzunehmen. Während sie meinem Vater Blut abnimmt, betritt Luna das Büro und sagt: »Meine Großeltern sind auf dem Weg, sie sind in 20 Minuten da.« »Während wir jetzt auf ihre Großeltern warten, haben Sie noch irgendwelche Fragen?« »Wie lange dauert es, bis die Ergebnisse da sind?«, fragt meine Mutter. »Schätzungsweise vier bis zehn Wochen.«

16. Kapitel

Sechs Wochen später haben wir vom Arzt den Anruf bekommen, dass die Ergebnisse da sind. Wir machen uns zusammen mit Luna sofort auf dem Weg ins Krankenhaus.

Als wir uns im Büro von Herr Kassler hingesetzt haben, fragt er mich: »Wie geht es dir denn heute?« »Naja... Der Situation entsprechend gut.« »Das freut mich. Ich muss Ihnen leider mitteilen, Frau und Herr Hansa, dass ihre HLA-Marker nicht übereinstimmen. Wir können Ihr Knochenmark daher leider nicht verwenden.« Er wendet sich an Luna und lächelt ihr zu. »Deine HLA-Marker stimmen überein, somit kommst du als Spenderin in Frage. Möchtest du nach wie vor spenden?« Luna antwortet, ohne zu zögern: »Ja, natürlich möchte ich das.« »Dann würde ich einen Termin für in fünf Wochen vereinbaren. Bevor wir eine Knochenmarktransplantation durchführen können, müssen wir den Tumor zunächst, soweit es geht, entfernen. Dafür würde ich eine OP vorschlagen, wenn du eine Chemotherapie bevorzugst, ist das natürlich auch eine Option.« Ich überlege kurz, bevor ich antworte: »Ich würde lieber die OP machen.« »Dann setze ich die Operation für in zwei Wochen an.«

8.6.2017

Die Operation am Tumor ist gut verlaufen, die Knochenmarktransplantation hatte jedoch leider hat nicht den erwünschten Effekt. Trotzdem haben meine Eltern, Luna und ich mit dem OK des Arztes entschieden, in den Urlaub zu fahren, um gemeinsame Zeit zu verbringen und unsere Gedanken ein wenig von meiner Situation abzulenken. Da sowohl Luna als auch wir gern mal in die USA reisen wollten, haben wir uns dazu entschlossen, auf die Insel Nantucket in Massachusetts zu fliegen.

Gerade liegen Luna und ich Arm in Arm am Strand und schauen uns den Sonnenuntergang an. »Ich liebe dich, Luna, und ich bin dankbar, dass du mir in meiner schweren Zeit zur Seite stehst. Ich bin froh, dass ich dich habe.« »Ich liebe dich auch, aber sag sowas nicht, dass hört sich ja an wie ein Abschied.« Ich lächle schwach. »Versprich mir, dass du jeden Tag so leben wirst, als wäre es dein letzter. Ich möchte, dass du deinen Träumen nachgehst und glücklich wirst.« Ich spreche immer leiser, bis man mich am Ende nur gerade noch so verstehen kann. Dann schlafe ich in Lunas Armen ein und wache nie wieder auf.

Nur Freunde

oder

doch Verliebte?

1. Kapitel

Alex

Ich schaue verschlafen auf meinen Wecker und bin mit einem Mal hellwach, als ich erschrocken feststelle, dass ich verschlafen habe. »Fuck«, fluche ich vor mich hin, während ich mich schnell anziehe und ins Bad eile, um mich fertig zu machen. Ich gehe in die Küche und muss für mein Essen zum Glück nur einmal in den Kühlschrank greifen, da ich aus Langeweile schon gestern Abend mein Essen für die Schule vorbereitet habe. Ich nehme meine Schultasche und renne zur Bushaltestelle, denn in drei Minuten kommt der letzte Bus, mit dem ich es noch pünktlich schaffe.

Gerade, als ich an der Haltestelle ankomme, fährt der Bus um die Ecke. Als ich einsteige, höre ich plötzlich jemanden rufen: »Warten Sie auf mich!« Ich drehe mich um und sehe ein Mädchen zum Bus laufen. Also halte ich die Tür auf und warte, bis sie eingestiegen ist. Dann gebe ich die Tür frei und schaue sie mir näher an. Mir stockt der Atem.

Sie ist wunderschön. Sie bedankt sich bei mir und setzt sich auf einen freien Platz. Ich bleibe kurz stehen, suche einen freien Platz und setze mich so, dass ich sie sehen kann. Sie hat eine sportliche Figur, dunkelbraune, sanft gelockte Haare und ein rundes Gesicht. Ihre braunen Augen ziehen mich in ihren Bann.

Ich erinnere mich nicht, sie hier schon mal gesehen zu haben. Es scheint auch so, als kenne sie sich hier nicht aus, denn sie schaut immer wieder nach vorn auf die Anzeigetafel, die die nächsten fünf Haltestellen anzeigt, und prüft im Minutentakt ihr Handy. Dort steht wahrscheinlich, wo sie raus muss, denke ich. Zwei Stationen vor mir steigt sie aus.

Den ganzen Schultag lang bekomme ich sie nicht aus meinem Kopf und bin deshalb abgelenkt. Ein paar meiner Lehrer fragen mich besorgt, was los ist, aber ich antworte nur, dass ich schlecht geschlafen habe.

Als die Schule zu Ende ist, hoffe ich, dass sie wieder in meinen Bus einsteigt, aber das ist nicht der Fall. Ich fahre nach Hause und mache meine Hausaufgaben. Am Abend kommt meine Mutter nach Hause, und da sie immer über alles Bescheid weiß, das im Ort passiert, frage ich sie: »Mom, ist vor Kurzem irgendwo jemand Neues eingezogen?« Sie überlegt kurz und antwortet dann: »Ja, vor zwei Tagen in der Kölnstraße 6. Wieso fragst du?« Da ich ihr nicht von dem Mädchen erzählen möchte, antworte ich: »Ach, nur so. Danke.«

Auch den ganzen Abend über denke ich an sie und als ich schließlich einschlafe, taucht sie in meinem Traum auf.

Am Morgen stehe ich früh genug auf, mache mich fertig und gehe zum Bus. Ich habe mir gestern vorgenommen, jetzt immer den späteren Bus zu nehmen. Während ich auf den Bus warte, sehe ich mich um. Leider kann ich sie nicht entdecken. Auch, als der Bus kommt, ist sie noch nicht da. Schweren Herzens steige ich ein, doch dann höre ich plötzlich eine wunderschöne Stimme rufen: »Halt die Türe auf!« Ich lächle und warte, bis sie eingestiegen ist. Sie lächelt zurück und sagt: »Tut mir leid, dass du mir wieder die Tür aufhalten musstest. Danke.« Ich schaue ihr in die Augen und erwidere: »Kein Problem.«

Am liebsten würde ich genau so stehen bleiben und sie ansehen, aber sie dreht sich um und setzt sich. Ich suche mir ebenfalls einen Platz und mustere sie wieder. Heute trägt sie Leggings an und ein Shirt eines Sportvereins, der mir nichts sagt. An ihrem Rucksack hängt ein Paar Sportschuhe. Die Haare hat sie zu einem Pferdeschwanz zusammengebunden. Ihr gesamtes Outfit sorgt dafür, dass sie noch sportlicher aussieht, als sie es wahrscheinlich eh schon ist.

Heute wirkt sie sicherer. Kurz bevor sie aussteigt, lächelt sie mich nochmal dankend an. Ich erwidere ihr Lächeln. Heute steigt sie nur eine Station vor mir aus. Ich glaube, dass sie gestern doch zu früh ausgestiegen war.

Ich bin auf dem Weg zur Schule eine Station zu weit gefahren, weshalb ich jetzt länger zur Schule brauche als gestern, aber es war nicht wirklich ein Versehen. Ehrlich gesagt habe ich es geplant, damit ich den Jungen, der mir gestern und heute die Tür aufgehalten hat, nach seiner Handynummer fragen kann. Am Ende war ich dann doch zu schüchtern und bin nur mit einem Lächeln ausgestiegen. Gleichzeitig habe ich mir aber vorgenommen, ihn morgen anzusprechen. Er scheint nett zu sein, darum denke ich, dass wir Freunde werden könnten.

Nach einer Viertelstunde bin ich an meiner Schule angekommen. Auf Anhieb finde ich die Gruppe, mit der ich mich gestern angefreundet habe. Als ich bei ihnen ankomme, grüßen wir uns. Hannah, die sich scheinbar ziemlich gut mit dem ÖPNV hier in der Gegend auskennt, wundert sich: »Warum bist du denn von der Bergerstraße gekommen? Die Poststraße ist doch näher an der Schule. Außerdem kamst du gestern doch auch von der Bergerstraße.« Ich verdrehe die Augen. »Ich bin aus Versehen eine zu weit gefahren«, antworte ich, da ich ihnen nicht von dem Jungen erzählen will. Dummerweise kauft mir Hannah diese Aussage nicht ab. Die anderen scheinen mir aber zu glauben.

Den ganzen Schultag über versucht Hannah, mir die Wahrheit zu entlocken. Ich bleibe aber standhaft und verrate ihr nichts von dem Jungen. Nach der Schule gehen wir alle gemeinsam zu Charlotte, um zusammen Hausaufgaben zu machen. Außerdem wollen wir einen Mädelsabend machen, um uns besser kennenzulernen. Als wir später nach Hause gehen, laufe ich ein Stück des Weges mit Hannah, da sie auch in meine Richtung muss. Nach ein paar Minuten trennen wir uns an einer Kreuzung und wenig später bin ich zuhause. Ich gehe direkt schlafen, da ich morgen wieder Schule habe.

Am nächsten Tag gehe ich etwas früher aus dem Haus. Als ich an der Haltestelle ankomme, kommt gerade der Bus an. Als ich den Jungen entdecke, lächelt er mich an. Ich lächle zurück. »Pünktlich auf die Sekunde«, sagt er zu mir. »Wir wollen doch nicht, dass der Busfahrer nachher noch sagt, er nehme dich nicht mehr mit«, erwidere ich grinsend. Ich meine, eine leichte Röte in seinem Gesicht erkennen zu können. Er antwortet lachend: »Stimmt. Wollen wir uns vielleicht zusammen irgendwo hinsetzen? Dann können wir uns unterhalten, wenn du möchtest.« Ich nehme sein Angebot nach kurzer Überlegung an.

Nachdem wir einen Platz gefunden haben, fragt er: »Wie heißt du?« »Emma, und du?« »Alex. Kann es sein, dass du neu im Ort bist? Ich habe dich vorher noch nie hier gesehen und am Montag sahst du ein bisschen orientierungslos aus.« Ich spüre, dass ich erröte. »Ja, wir sind vor fünf Tagen hergezogen. War das wirklich so offensichtlich?« »Ja, schon. Aber das macht ja nichts. Auf welche Schule gehst du?« Ich muss kurz überlegen, wie meine Schule heißt und beantworte dann seine Frage: »Auf das WinstonChurchillGymnasium, und du?« »Ich gehe auf die EinsteinRealschule.« Bei einem Blick auf die Anzeigetafel bemerke ich, dass ich an der nächsten Station raus muss. Ich verabschiede mich von Alex und steige aus.

Alex

Als ich am Morgen zur Haltestelle komme, pocht mein Herz wild vor Aufregung. Sie steht schon mit einer großen Tasche da und ich begrüße sie mit einem Lächeln, das sie erwidert. Wenig später kommt der Bus. Ich nehme ihr die große Tasche ab und gemeinsam steigen wir in den Bus. Als wir einen Platz gefunden haben, sagt sie: »Danke, die hättest du nicht tragen müssen.« »Gern geschehen. Ziehst du wieder um oder warum hast du so eine große Tasche mit?« »Nein, ich habe morgen keine Schule. Da wollte ich die Zeit nutzen, um zu meinem Freund zu fahren. Wir... müssen einiges klären.« Bei den Worten »mein Freund« zieht sich mein Herz schmerzhaft zusammen, aber ich lasse mir nichts anmerken. Stattdessen frage ich: »Läuft es bei dir und deinem Freund nicht gut?«

Sie überlegt kurz und antwortet dann: »Nein, nicht wirklich. Er wohnt etwas weiter weg, weshalb wir uns selten sehen, und er nimmt sich auch nur selten Zeit, um mit mir zu telefonieren.« »Das tut mir leid für dich.«

Das lässt Hoffnung in mir aufkeimen, dass ich doch noch mit ihr zusammenkommen könnte, aber ich unterdrücke ein Lächeln. Sie antwortet: »Muss es dir nicht. Ich hoffe einfach nur, dass wir es klären können, aber egal. Was ist dein Lieblingsfach?« Ich überlege kurz: »Mathe, Sport, Geschichte und bei dir?« »Englisch, Sport. Wenn du die Wahl hättest, welches Fach würdest du eine Woche lang unterrichtet bekommen und warum?« Ohne zu zögern, antworte ich: »Sport, weil ich Sport über alles liebe. Zusätzlich finde ich, dass wir heute viel weniger Sport machen als früher. Was ist es bei dir?« »Eindeutig Englisch. Ich interessiere mich für andere Sprachen und finde, jeder Mensch sollte Englisch sprechen können.«

Ich überlege kurz, was ich sie noch fragen könnte. Dann fällt mir etwas ein: »Noch eine Frage, bevor du aussteigst. Welche ist deine Lieblingsfarbe und warum?« Sie scheint zu überlegen: »Blau, weil ich den Himmel mag. Da ist die Freiheit grenzenlos. Bei dir?« »Grün, da es die Farbe der Hoffnung ist.« Da gleich ihre Haltestelle kommt, nehme ich wieder ihre Tasche und trage sie zur Tür. Während ich sie noch festhalte, nimmt sie den Griff in die Hand. Unsere Hände berühren sich. Ein Kribbeln durchfährt meinen Körper. Ich habe das Gefühl, Schmetterlinge im Bauch zu haben, als wir uns in die Augen sehen.

Ich lasse ihre Tasche los und sie steigt aus. Ich verabschiede mich von ihr und winke ihr zu, als der Bus abfährt. Während der Bus sich immer weiter von ihr entfernt, habe ich das Gefühl, sie eine halbe Ewigkeit nicht mehr gesehen zu haben. Ich vermisse sie jetzt schon.

2. Kapitel

Emma

Als ich bei der Schule angekommen bin, schauen auch meine Freunde mich komisch an. Wie schon Alex vorhin fragen sie mich, warum ich eine so große Tasche dabeihabe. Ihnen muss ich mehr über meinen Freund erzählen und sie hören erst auf, mich mit Fragen zu löchern, als der Unterricht beginnt. Ich gehe vorher noch kurz in den Besprechungsraum, in dem ich meine Tasche ablegen darf.

Am Ende des Schultages kennen meine Freunde meinen Freund genauso gut wie ich. Sie kennen jede Geschichte. Im Klassenraum verabschiede ich mich von ihnen, hole meine Tasche und mache mich auf dem Weg zum Bahnhof. Da mein Zug Verspätung hat, muss ich länger warten als geplant. Aber das Warten macht mir nichts aus, denn in der Zeit kann ich nachdenken. Ich habe keine Ahnung, wie es zwischen mir und meinem Freund weiter geht. Vielleicht sollte ich ja doch einfach Schluss machen?

Nach sechsstündiger Fahrt habe ich es endlich geschafft. Ich steige aus und gehe aus dem Bahnhof raus. Dort steht er auch schon. Er sieht mich direkt und kommt auf mich zu. Ich merke ihm an, dass er nicht so wirklich weiß, was er jetzt machen soll. Also nehme ich ihm die Entscheidung ab und küsse ihn auf die Wange. Nachdem er auch mich auf die Wange geküsst hat, gehen wir zu seiner Mutter, die in ihrem Auto auf uns wartet. Während wir einsteigen, begrüße ich sie.

Während der ganzen Fahrt unterhalte ich mich mit ihr und meinem Freund. Als wir angekommen sind, gehen Florian und ich gemeinsam in sein Zimmer, damit wir unsere Ruhe haben. »Wie soll es jetzt zwischen uns beiden weitergehen, Florian? Oft hast du keine Zeit zum Telefonieren, und das mit den Treffen ist auch nicht so, wie ich es mir vorgestellt habe.« Er hat sich in der Zwischenzeit auf sein Bett gesetzt und fummelt an seiner Bettdecke rum. »Wir können es doch einfach so machen, wie wir es die ganze Zeit geplant hatten. Diese Woche war bei mir sehr viel los. Außerdem habe ich dich auch angerufen, aber du bist nicht dran gegangen. Und wir haben doch gesagt, dass wir uns jedes Wochenende sehen. Immer abwechselnd du bei mir, ich bei dir.« Ich schnaube und erwidere: »Wenn du mich um null Uhr anrufst, ist es kein Wunder, dass ich nicht dran gehe. Ich habe Schule und will nicht todmüde im Unterricht sitzen, nur weil du so spät anrufst. Außerdem hatten wir eigentlich auch gesagt, dass du am ersten Wochenende bei mir bist.« »Ich kann halt nie früher telefonieren. Du hättest mir ja schreiben können, dass es dir zu spät ist«, verteidigt er sich. »Und ja, ich weiß. Aber ich fand es im Nachhinein doch keine so gute Idee, da ihr ja auch erstmal alles auspacken musstet.« Ich setze mich neben ihn. »Ja ich hätte dir schreiben können. Du mir aber auch. Ich möchte trotz der Entfernung mit dir zusammen sein. Meinst du, wir kriegen das hin? Wir sind doch keine Kinder mehr.« Unsere Körper sind zueinander gedreht und wir schauen uns in die Augen. »Nein, wir sind keine Kinder mehr. Ich denke, wir kriegen es hin.« Dann küssen wir uns. Wie sehr ich ihn vermisst habe.

Bis zu meiner Abfahrt am Sonntagmittag unternehmen wir sehr viel gemeinsam. Als es dann so weit ist, bringt mich seine Mutter mit ihm zum Bahnhof. Ich verabschiede mich im Auto von ihr. Er kommt noch mit raus und begleitet mich zum Bahnhofsgebäude. »Ich würde gerne warten, bis dein Zug kommt, aber du weißt ja, meine Mutter muss arbeiten.« »Ja, ich weiß.« Er küsst mich und sagt: »Bitte melde dich zwischendurch und wenn du bei dir zuhause angekommen bist.« »Keine Sorge, mache ich.« Wir küssen uns noch einmal lange. Dann verabschiede ich mich auch von ihm und mache mich auf den Weg zu meinem Bahnsteig. Glücklicherweise ist die Rückfahrt auch wieder relativ entspannt. Zwar sitzen in meinem Abteil ein paar Kleinkinder, die zwischendurch quengeln, aber wofür gibt es schließlich Kopfhörer? Endlich wieder zuhause schreibe ich ihm, dass ich angekommen bin und lege mich danach direkt schlafen.

3. Kapitel

Alex

Am Sonntagabend kann ich den Montag schon gar nicht mehr abwarten, da ich sehr gespannt bin, wie es jetzt bei Emma aussieht. Ich gehe extra ein bisschen früher zum Bus, damit ich mehr Zeit mit ihr habe. Wenig später kommt sie auch schon. Sie sieht heute wieder so schön aus. Sie hat ein schwarzes, kurzes enges Kleid an, das ihre Kurven betont. Am liebsten würde ich sie direkt küssen, aber das wird für mich wohl immer ein Traum bleiben.

Ich begrüße sie: »Hey Emma, wie geht's dir?« »Hey Alex, geht so. Ich glaube, ich habe mich bei meinem Freund erkältet. Und dir?« »Oh, was hast du denn? Mir geht's gut.« »Ich habe Kopf-und Bauchschmerzen.« Ich gucke sie besorgt an: »Trotzdem gehst du in die Schule?« »Ja, noch ist es aushaltbar. Wie war dein Wochenende?«, fragt sie, während wir einsteigen. »Sehr gut, ich hatte ein Wettrennen.« »In welcher Sportart?« »Fahrrad«, ich mache eine kurze Pause und füge hinzu: »Möchtest du sagen, wie dein Wochenende war?« Sie dreht sich zum Fenster und antwortet: »Es war eigentlich in Ordnung. Aber ich weiß nicht, ob es zwischen uns nicht doch schon verloren ist. Schließlich sehen und sprechen wir uns so selten.«

Sie dreht sich wieder zu mir und ich antworte: »Das tut mir leid für dich.« Sie lächelt schwach und wechselt das Thema: »Auf welchem Platz bist du gelandet?« »Auf Platz 1.« »Oh, herzlichen Glückwunsch. Wie viele Kilometer waren es?« »Danke. So um die hundert.« Als ich die hundert Kilometer ausspreche, reißt Emma die Augen auf, woraufhin ich anfange zu lachen. Kurz danach stimmt sie ein. Nachdem wir uns wieder beruhigt haben, sagt sie: »Das ist echt viel.« »Joa, geht. Für ein Rundstreckenrennen ist das normal. Hast du Lust,

Handynummern auszutauschen?« Sie antwortet direkt: »Ja, gerne.« Nachdem wir gegenseitig unsere Nummern eingespeichert haben, verabschiedet sie sich und steigt aus.

Als ich nach der Schule mein Handy anschalte, sehe ich eine Nachricht von Emma. Ich öffne sie und lese:

Hey, ich bin´s, Emma, mir geht es nicht gut, weshalb ich mich abholen lassen habe. Weiß nicht, wann ich wieder in die Schule gehe.

Mein Herz schlägt schneller, weil Emma mir geschrieben hat. Gleichzeitig verspüre ich einen leichten Stich, weil die Nachricht auch bedeutet, dass ich sie erstmal nicht sehen werde. Ich antworte ihr:

Hey Emma, ich wünsche dir eine gute Besserung und hoffe, dass du schnell wieder gesund wirst.

Dann fahre ich nach Hause. Als ich abends in meinem Zimmer sitze, klingelt mein Handy. Als ich sehe, dass Emma anruft, schalte ich mein Laptop aus und gehe ran. Ich begrüße sie und sie sagt: »Hey, sorry, dass ich dich einfach anrufe, aber mir ist langweilig und mein Freund geht mal wieder nicht an sein Handy.« Ich antworte: »Alles gut, ich habe gerade nichts zu tun.« »Ok, dann ist ja gut. Ist es in Ordnung, wenn wir einen Videoanruf machen?«

Ich werfe schnell einen Blick in meinen Spiegel und antworte dann: »Ja, klar.« Sie legt auf und ruft mich über Video an. Sie winkt mir zu, woraufhin ich zurückwinke. Sie fragt: »Hast du eine Lichtershow bei dir im Zimmer?« Ich drehe mich um, um zu sehen, was sie meint.

Als ich es sehe, muss ich lachen und antworte: »Nein, das ist mein Fernseher.« Sie fängt auch an, zu lachen. Wir unterhalten uns lange über alles Mögliche. Dann erzählt sie mir von ihrem Plan, morgen mit ihrem Freund Schluss zu machen. Während ich etwas später von meinem Tag in der Schule erzähle, merke ich, dass sie eingeschlafen ist. Ich flüstere ihr zu: »Gute Nacht, schlaf gut.« Ich mache einen Screenshot und lege auf, um mich auch schlafen zu legen. Insgeheim hoffe ich, dass das noch viele Male passieren wird.

Am nächsten Morgen schicke ich ihr das Foto und schreibe dazu:

Guten Morgen.

Dann mache ich mich fertig und gehe zur Schule. Als ich wieder aus der Schule raus bin, lese ich, was Emma geschrieben hat:

Guten Morgen, sorry, dass ich gestern eingeschlafen bin. P.S.: Ich sehe schrecklich auf dem Foto aus.

Ich lächle und antworte ihr:

Ist nicht so schlimm. Ich war auch schon müde. P.S.: Finde ich nicht, ich bin eher für süß.

Kurz darauf kommt auch schon die Antwort:

Danke.

Worauf ich erwidere:

Ist nur die Wahrheit. Wie geht es dir?

Nach ein paar Minuten schreibt sie:

Besser.

Ich möchte gerade etwas schreiben als ich sehe, dass sie offline gegangen ist. Ich wundere mich. Kurz danach klingelt mein Handy, weil Emma mich anruft: »Hey, in Ordnung, dass ich dich anrufe?« »Ja, kein Problem. Ich brauche ja etwas, bis ich zuhause bin. Was machst du gerade?« »Ich räume mein Zimmer auf. Nicht wundern, wenn du mich manchmal schlecht verstehen kannst, dann laufe ich gerade bei mir rum oder mache Lärm. Und du gehst gerade nach Hause?« »Ja, richtig.« Ich fange an über meinen Schultag zu berichten und sie erzählt, was sie heute schon so gemacht hat. Als ich zuhause ankomme, sage ich: »Ich bin jetzt zuhause. Wir können heute Abend nochmal telefonieren, wenn du möchtest, aber jetzt muss ich erstmal meine Hausaufgaben machen.« »Ja, können wir gerne machen. Viel Spaß bei deinen Hausaufgaben.« Ich bedanke mich und lege auf.

Ich schließe die Haustür auf, gehe rein und setze mich an den Küchentisch, um mit meinen Hausaufgaben zu beginnen. In diesem Moment fühle ich mich wie der glücklichste Junge auf der ganzen Welt. Ich hoffe, dass ich irgendwann mit Emma zusammenkomme.

Abends, als wir wie verabredet miteinander telefonieren, berichtet sie mir davon, dass sie mit ihrem Freund Schluss gemacht hat. Als ich das höre, freue ich mich riesig. Allerdings fügt sie hinzu, dass sie erstmal keine Beziehungen sucht, was natürlich auch verständlich ist. Dann erzählt sie mir: »Ich gehe ab morgen wieder in die Schule.« »Echt? Geil. Ich freue mich schon.« Wir telefonieren noch etwas miteinander, verabschieden uns und legen auf.

Bis Ende der Woche fahren wir jeden Morgen gemeinsam mit dem Bus. Zudem telefonieren wir jeden Abend bis spät in die Nacht. Am Wochenende können wir leider nicht telefonieren, da ich mich für den nächsten Wettbewerb vorbereiten muss.

Emma

Als ich gerade an Haltestelle angekommen bin, fragt mich Alex: »Hättest du vielleicht Lust, heute nach der Schule ins Kino zu gehen?« Ich muss kurz überlegen, da ich glaube, heute irgendetwas geplant zu haben. »Sorry, heute geht nicht, aber morgen gerne.« »Ok, dann morgen. Ich hole dich dann von der Schule ab«, antwortet er. »Ok, gerne. Ich habe um 15 Uhr frei.« Da fällt mir noch etwas Wichtiges ein. »Ach ja, apropos morgen. Ich habe die Erste frei. Heißt, wir können morgen früh nicht zusammen fahren.« »Oh, alles klar.«

Wir unterhalten uns noch etwas, dann muss ich aber auch schon aussteigen. Als ich an der Schule ankomme, sind schon fast alle von meinen Freunden da. Ich begrüße sie und erzähle ihnen davon, dass er mich eingeladen hat. »Der steht auf dich, hundert pro«, sagt Hannah zu mir. »Ach, quatsch.« Hannah erwidert: »Sag mir das übermorgen nochmal, nachdem du mit ihm im Kino warst.« Ich antworte einfach nur: »Gerne.«

Schon sind wir beim nächsten Thema. Warum wohl unsere Lehrerin morgen nicht da ist? Lena denkt: »Ich sag euch, sie ist schwanger. Da würde ich alles drauf wetten.« Hannah verdreht die Augen. »Wie soll das denn gehen?« Wir alle gucken zu Hannah. »Sie hatte Sex mit wem. Kennst du das nicht? Der Mann schwängert die Frau«, sagt Daniel. Alle fangen an zu kichern. »Hahaha, sehr witzig. Ich weiß, wie Sex funktioniert. Sie würde nie einen Mann vögeln.«

Ich schaue verwundert, genauso wie die anderen. »Sie hat nur Sex mit Frauen. Wisst ihr denn nicht? Sie steht nur auf Frauen.« Daniel, der schwul ist, sagt: »Das erklärt so einiges.« »Das da wäre?«, fragen Charlotte und ich gleichzeitig. »Mir ist aufgefallen, dass sie manchmal Frauen hinterher geguckt hat.« »Jap. Ich glaube, wir müssen euch noch einiges beibringen«, sagt Hannah. Lena erwidert: »Aber sie kann doch trotzdem schwanger sein. Es gibt ja auch sowas wie Samenspende. Ich finde auch, dass sie einen kleinen Bauch bekommen hat.« Charlotte sagt: »Ja gut, das wäre eine Möglichkeit. Aber ich glaube es trotzdem nicht. Sie kann auch einfach nur fett geworden sein. Wir können sie ja mal fragen, wenn wir sie sehen.« Wir diskutieren weiter. Immer mehr stellt sich mir die Frage, ob Hannah lesbisch ist. Ich möchte sie gerade fragen, da klingelt es zum Unterrichtsbeginn. Wir gehen direkt rein, weshalb ich keine Chance habe, sie zu fragen.

In der ersten Pause fragt mich Hannah: »Was für einen Film wollt ihr eigentlich gucken?« »Darüber haben wir gar nicht gesprochen. Ich gehe davon aus, dass er einen Film aussucht. Hannah, bist du auch lesbisch?«, frage ich. Sie wird rot im Gesicht. »Ja, bin ich. Aber sagt es bitte keinem, meine Familie würde durchdrehen.« Wir versprechen ihr, dass wir es keinem verraten.

Am Ende des Schultages schreibe ich Alex.

Hey Alex, welchen Film gucken wir denn morgen?

Die Antwort kommt, während ich im Bus sitze.

Lass dich überraschen ;) Bis morgen

Ok, bis morgen

Nachdem ich meine Hausaufgaben gemacht habe, frage ich die anderen, ob sie sich treffen möchten. Kurze Zeit später mache ich mich auf den Weg. Nur Hannah kann nicht, da sie sich mit einem Mädchen trifft. Da wir morgen erst zur zweiten Stunde Unterricht haben, trennen wir uns erst spät voneinander.

Als ich am nächsten Tag an der Schule ankomme, ist Hannah schon da. Wir umarmen uns wie jeden Morgen. Dieses Mal hält die Umarmung etwas länger an, aber ich habe damit kein Problem, denn es fühlt sich gut an. Ich fange direkt an, sie auszufragen. Sie erzählt: »Es war echt schön mit ihr. Sie wollte leider nur was Einmaliges, aber es war trotzdem geil.« Sie lächelt schelmisch. »Keine Details, bitte.« Sie lacht und ich stimme mit ein. Wir hören erst auf, als Charlotte, Daniel und Lena kommen. »Was gibt es denn zu lachen?« Hannah antwortet: »Nicht so wichtig. Kommt, gehen wir rein.« Im Klassenraum unterhalten wir uns noch etwas, bis unser Lehrer kommt.

Alex

Als ich mich nach Schulschluss auf den Weg zu Emmas Schule mache, ist es erst 14 Uhr. Ich setze mich in der Nähe ihrer Schule auf eine Bank, wo ich bis kurz vor 15 Uhr sitzen bleibe. Dann mache ich mich auf den Weg. Als Emma aus der Schule rauskommt, bin ich wie gelähmt. Sie trägt wieder ein wunderschönes enganliegendes Kleid, das ihre Kurven dezent betont. Das lässt sie noch viel schöner aussehen, als sie es eh schon ist.

Einen Moment später steht sie auch schon vor mir. Mein Herz schlägt wie wild und ich befürchte, dass sie es hören kann. Ich lächle sie an und sage: »Hey, du siehst gut aus.« »Hey, danke. Was für einen Film gucken wir eigentlich?« »Das werde ich dir nicht verraten.« Ich habe mich gestern dazu entschieden, dass wir zu Fuß zum Kino gehen, weil der Weg an einem schönen See entlangführt. Aber auch nur, weil ich den Weg so geplant habe. Sie schaut mich schmollend an und will mich so wohl umstimmen, aber stattdessen bringt es mich zum Lachen. Nachdem ich mich beruhigt habe, erkläre ich ihr: »Sorry, aber so kann ich dich nicht ernst nehmen. Komm, wir gehen zu Fuß zum Kino. Das ist schöner.« Sie lächelt mich an und antwortet: »Schade, einen Versuch war es wert.«

Wir gehen los und unterhalten uns über ihren und meinen Schultag. Als wir beim See ankommen, bleibt sie stehen und sagt: »Du hast Recht, das ist echt schön.« »Komm, wir haben noch Zeit, wir können uns hier auf die Bank setzen.« Nachdem wir uns hingesetzt haben, sage ich: »Ich komme hier immer her, wenn es mir schlecht geht. Man kann hier gut vom alltäglichen Stress abschalten.«

Sie schweigt für ein paar Minuten und fragt dann: »Kommst du oft hier her, um nachzudenken oder abzuschalten?« »In manchen Wochen oft, in anderen Wochen weniger.« »Ich hatte auch früher einen Ort, an dem ich abgeschaltet oder nachgedacht habe. Das war kein See, sondern auf einem Berg außerhalb meiner Stadt, zu dem ich dann immer mit dem Fahrrad hingefahren bin. Von da konnte man Kilometerweit gucken. Auch über meine Stadt hinaus.« »Das hört sich echt schön an.« »Das war es auch, aber leider habe ich jetzt keine Möglichkeit mehr, dorthin zu kommen.« »Das ist schade.«

Schweigen tritt ein. Nach einer Weile sehe ich auf die Uhr und stelle fest, dass wir jetzt losmüssen. Ich stehe auf und sage: »Wir müssen jetzt los, sonst kommen wir zu spät.« »Oh, dann ab.« Wir machen uns zügig auf den Weg. Die ganze Zeit über schweigen wir.

Währenddessen überlege ich, worüber sie wohl immer auf dem Berg nachgedacht hat. Als wir am Kino ankommen, kaufe ich die Karten. Danach gehen wir an die Snackbar. »Such dir das aus, worauf du Lust hast.« »Hmm, ich nehme eine Cola und eine Tüte Popcorn.« »Ich nehme auch eine Cola und dazu Käsenachos.« Die Verkäuferin gibt uns unsere Snacks und wir gehen zum Saal, in dem der Film gleich beginnt.

Als wir vor dem Saal ankommen, liest Emma sich auf der Anzeige den Filmtitel durch. »Der böse Stiefvater? Den Film kenne ich gar nicht.« »Ich hatte gehofft, dass du das sagst. Der Film ist erst seit einem Monat draußen.« »Ah, ich habe davon noch nichts gehört. Hast du ihn schon geguckt?« »Nein, ich gucke ihn auch zum ersten Mal. Er wurde mir auf der Startseite des Kinos angezeigt. Vorher hatte ich auch noch nie davon Film gehört. Ich hoffe er ist gut.« Wir gehen rein und setzen uns auf unsere Plätze. Als ich mich umsehe stelle ich fest, dass das Kino relativ leer ist. Wenig später beginnt auch schon der Vorspann.

Während des Films schaue ich gespannt auf die Leinwand. Zwischendurch schiele ich immer mal wieder zu Emma rüber, vor allem, wenn aus ihrer Richtung ein Kichern kommt. Dieser Ton sorgt dafür, dass mir wärmer wird. Manchmal schaut sie genau im selben Moment in meine Richtung und unsere Blicke treffen sich. Nach ein paar Sekunden schaue ich zurück zur Leinwand und merke, dass ich rot anlaufe.

Als der Film nach 120 Minuten vorbei ist, sammeln wir unsere Sachen auf und gehen raus. Wir werfen unseren Müll weg und treten nach draußen. Emma streckt sich und sagt: »Der Film war echt gut.« »Ja, finde ich auch. Was machst du jetzt noch?« Sie überlegt kurz und antwortet dann: »Bisher habe ich nichts geplant, und du?« »Ich auch nicht. Hast du Lust, noch etwas am See spazieren zu gehen?« Sie antwortet direkt: »Ja, gerne.« Ich lächle und wir machen uns schweigend auf den Weg.

Nach einer Zeit setzen wir uns auf eine Bank. Schon seit wir losgegangen sind habe ich das Gefühl, dass sie irgendetwas beschäftigt, und ich wüsste gern, was es ist. Als könnte sie meine Gedanken lesen, fängt sie plötzlich an: »Wir sind nicht einfach so umgezogen. Mein Bruder hat Scheiße gebaut und musste ins Gefängnis. Keiner aus unserer Gegend vertraute uns noch. Es sprach auch keiner mehr mit uns. Da hat meine Mutter mit meinem Vater entschieden, dass wir umziehen. Um einen Neuanfang zu starten.«

Ich überlege, was ich darauf antworten kann, und entscheide mich für das Einfachste: »Oh, das tut mir leid. Das war bestimmt nicht leicht für euch. Darf ich fragen, was er gemacht hat?« Sie reagiert nicht direkt darauf. Nach einer Weile beantwortet sie meine Frage: »Ja, darfst du.

Er hat einer Menge Leute in unserer alten Stadt das Geld aus der Tasche gezogen.« Wir sitzen lange schweigend da. Ich möchte sie nicht drängen, weiter darüber zu sprechen, und sie macht auch keine Anstalten, näher darauf einzugehen. Nach einer gefühlten Ewigkeit erzähle ich ihr: »Mein Vater ist nur zweimal im Jahr zuhause. Ich tue zwar so, als wäre es mir egal, aber in Wirklichkeit vermisse ich ihn, wenn er nicht da ist. Ich glaube auch, dass es meiner Mutter damit nicht so gut geht. Aber das ist nicht so schlimm wie bei dir.« Sie erwidert: »Ich glaube, jeder hat andere Dinge, die schlecht sind. Bei dir ist es, dass dein Vater nie zuhause ist. Bei mir ist es, dass wir wegen meines Bruders umziehen mussten.«

Ich denke über ihre Worte nach und antworte: »Du hast Recht.« Ich gucke auf die Uhr und sehe, dass es schon 17:35 Uhr ist. Das heißt, dass ich mich bald auf dem Weg machen muss. Also sage ich: »Ich muss so langsam los. Telefonieren wir heute Abend?« Sie scheint zu überlegen und antwortet dann: »Ich kann leider nicht. Ich gehe nachher mit meiner Familie essen. Ach ja, übrigens habe ich morgen Nachmittag ein Probetraining im Leichtathletikverein bei uns um die Ecke. Wenn es mir dort gefällt und der Verein mich nimmt, werde ich dort eintreten, um endlich wieder ein Hobby zu haben.« »Das hört sich doch gut an. Der Verein wäre dumm, wenn er dich ablehnt.« Sie lächelt. »Danke. Dann bis morgen früh.« »Bis morgen früh.«

Damit verabschieden wir uns. Auf dem Nachhauseweg lasse ich den Tag nochmal an mir vorbeiziehen. Als ich an das Gespräch von eben denke, freue ich mich, denn sie hat mir eines ihrer tiefsten Geheimnisse anvertraut. Ich bin froh, dass wir schon so gute Freunde geworden sind. Wir vertrauen uns gegenseitig. Trotzdem hoffe ich immer noch, dass wir irgendwann zusammenkommen.

Als ich zuhause ankomme, ist das Essen schon fertig. Nachdem wir gegessen haben, helfe ich meiner Mutter beim Abräumen und Spülen. Dann schreibe ich Henri und den anderen, ob sie Lust haben, noch draußen zu chillen. Außer Viktor haben alle Zeit, also sage ich mei-

ner Mutter: »Ich bin mit Anja, Max, Henri und Matthias draußen.«
Sie antwortet: »Ok, aber sei nicht zu spät zuhause.« Ich versichere
ihr: »Keine Sorge, ich bin nicht zu spät wieder hier.« Danach ziehe
ich meine Schuhe und meine Jacke an und gehe raus. So wie immer
treffen wir uns im Park bei dem Klettergerüst, da es daneben mehrere
Bänke gibt, auf denen wir uns zu dieser Uhrzeit breit machen können.
Wir unterhalten uns über alles Mögliche. Nach ein paar Stunden verabschieden wir uns voneinander und machen uns auf den Weg nach
Hause. Als ich zuhause ankomme, mache ich mich bettfertig und lege
mich schlafen.

Am nächsten Morgen stehe ich zur selben Zeit wie immer auf und
gehe wie immer zur Bushaltestelle. Fünf Minuten nach mir kommt
Emma um die Ecke, wir begrüßen uns und erzählen uns gegenseitig
von unseren Abenden. Kurz bevor sie aussteigt, wünsche ich ihr viel
Glück und motiviere sie noch einmal.

4. Kapitel

Emma

Meine Freunde und ich gehen gemeinsam aus der Schule. Wir haben uns überlegt, zusammen in den Zoo zu gehen. Auf dem Weg zur Bushaltestelle unterhalten wir uns durcheinander und machen Quatsch. Nach einer halben Stunde sind wir angekommen. Jeder kauft sich ein Ticket und als wir reingehen, fragt Daniel: »Wollen wir den Menschenmassen folgen? Oder sollen wir in unserer eigenen Reihenfolge gehen?« »Ich bin dafür, dass wir der Masse folgen«, sagt Hannah. Praktischerweise sind wir alle einer Meinung. Bei jedem Tier bleiben wir für ein paar Minuten stehen. Ich schaue immer wieder auf die Uhr, da ich pünktlich beim Training sein möchte.

Um 14:30 Uhr sind wir noch immer im Zoo. »Leute, ich muss jetzt leider gehen. Ich habe gleich mein Probetraining.« Hannah sagt: »Ach ja, stimmt. Das hatte ich fast vergessen. Bis morgen.« Die anderen verabschieden sich, dann gehe ich schnellen Schrittes durch den Zoo. Draußen wartet schon meine Mutter auf mich, die mir angeboten hatte, mich abzuholen. Zehn Minuten später sind wir zuhause und ich gehe in mein Zimmer, wo ich mir heute Morgen schon meine Sportsachen bereitgelegt hatte. Ich ziehe ich mich um und gehe wieder runter. Während ich noch kurz in die Küche gehe, um etwas zu trinken, holt mir meine Mutter meine Sportschuhe raus und stellt sie in den Flur. Ich ziehe sie an, nehme mein Handy, meinen Schlüssel und eine Wasserflasche und gehe mit meiner Mutter zum Sportplatz, der zu Fuß nur fünf Minuten entfernt ist. Der Trainer und eine Handvoll Sportler sind schon da. Wir gehen gemeinsam zum Trainer. Während meine Mutter mit ihm quatscht, sehe ich mich um. Die Jungs sind fast alle durchtrainiert. Auch die Mädchen sehen nicht unsportlich aus. Ein gutaussehender Junge kommt auf mich zu und begrüßt mich. »Hey, ich bin Nils, und du?« »Emma.« »Schöner Name. Bist du neu im Team?«

Ich merke, wie ich etwas rot im Gesicht werde. »Danke. Ja, heute ist mein Probetraining, mal sehen, ob sie mich nehmen.« Er mustert mich. »Der Verein wäre dumm, wenn er es nicht täte.« Warum sagen das eigentlich alle? Alex hat es gestern auch schon zu mir gesagt. Meine Mutter und der Trainer sind fertig mit ihrer Unterhaltung. Er ruft das ganze Team zusammen und begrüßt uns. Dann sollen wir zwei Runden laufen und uns dehnen. Während wir laufen, ist immer wieder jemand aus dem Team bei mir, um sich mit mir zu unterhalten.

Nach dem Aufwärmen gehen wir kurz etwas trinken. Mittlerweile wurde die Plane von der Sandgrube entfernt. Der Trainier, der – wie ich nun weiß – Michael heißt, erklärt uns kurz, wie wir richtig springen. Dann soll ich als Erstes springen. Da Weitsprung eine meiner Lieblingsdisziplinen ist, kann ich es richtig gut. Ich bin selbst überrascht, dass ich 4 Meter springe. Alle, sogar der Trainer, applaudieren.

Am Ende des Trainings kommt der Trainer zu mir. »Du warst richtig gut. Wenn du möchtest, kannst du gerne jede Woche kommen.« »Ja, gerne«, sage ich erfreut. Ich laufe zu meiner Mutter, umarme sie und erzähle ihr glücklich, was der Trainer gesagt hat. Anstatt direkt nachhause zu gehen, laufen wir zu einem Restaurant, wo mein Vater wartet. Er gratuliert mir und umarmt mich. Wir sind erst am späten Abend zuhause. Ich bin so ausgepowert, dass ich direkt einschlafe.

Alex

Erst als ich am nächsten Morgen an der Haltestelle stehe, frage ich Emma: »Wie ist es gestern bei dem Training gelaufen?« »Echt gut, sie haben mich auch direkt genommen.« »Besser ist es für die«, sage ich mit einem Lächeln. Emma fängt an zu lachen und ich stimme mit ein. Dann frage ich weiter: »Wie ist denn das Team?« »Alle haben mich mit

offen Armen empfangen, die Trainer genauso wie die Sportler und…«
Sie stoppt. Ich schaue sie verwundert an. Nach ein paar Sekunden und
einem nachdenklichen Ausdruck setzt sie fort: »Ich glaube, ich habe
mich in einen Jungen aus dem Team verliebt.« Ich realisiere das letzte
Wort erst gar nicht, aber als ich es verstanden habe, fühlt es sich an, als
würde jemand den Boden unter meinen Füßen wegziehen und mich
mit tausenden Eisenstangen durchbohren. Ich versuche, ihr nicht zu
zeigen, wie verletzt ich bin.

Einen Moment später habe ich mich wieder gefangen und setze das
Gespräch fort: »Das freut mich für dich. Wie heißt er denn?« »War-
te, ich muss kurz überlegen. Er hatte mir ihn am Anfang vom Training
gesagt. Es war irgendwas mit N.« »Meinst du vielleicht Nils? Braune
Haare, fast so groß wie ich, viele Muskeln.« »Ja, genau. Kennst du ihn
gut?« »Es geht. Ich höre nur immer wieder mal Geschichten von ihm.
Du weißt, dass er nie lange mit einem Mädchen zusammenbleibt?«
»Ja, aber er hat mir auch gesagt, dass er nicht mehr dieses Einmalige
möchte, sondern etwas Festeres.« »Hm, na wenn er das gesagt hat.
Aber ihr seid noch nicht zusammen?« »Nein, wir haben uns ja gestern
erst getroffen. Ich möchte ihn noch etwas besser kennenlernen, bevor
ich mit ihm zusammenkomme.«

Erst als sie ausgestiegen ist, lasse ich meine Tränen laufen. Auch vor
meinen Freunden versuche ich nicht, so zu tun, als ginge es mir gut,
antworte aber auch nicht auf ihre fragenden Blicke. Während des Unterrichts kann ich mich nicht konzentrieren. Nach der zweiten Stunde entscheide ich, mich krank zu melden. Auf dem Weg nach Hause
schreibe ich Emma:

*Hallo Emma, mir geht es nicht so gut. Ich melde mich, wenn es mir besser
geht.*

Danach schalte ich mein Handy auf Flugmodus und schmeiße es in
meine Tasche. Ich gehe nicht auf direktem Wege nach Hause, sondern
laufe zum See. Dort setze ich mich auf eine Bank und schaue aufs Wasser. Während ich dort sitze, denke ich drüber nach, ob ich zu hässlich

bin oder ob ich etwas falsch gemacht habe. Das würde erklären, warum sich Emma ausgerechnet in Nils verliebt, der Mädchen nur zum Vögeln verführt.

Nach über einer Stunde mache ich mich auf den Weg nach Hause. Achtlos werfe ich meine Tasche in eine Ecke meines Zimmers, lege mich in mein Bett und versuche zu schlafen. Es gelingt mir nicht, ich starre nur Löcher in die Luft und rolle mich hin und her. Irgendwann schlafe ich schließlich doch ein.

Plötzlich werde ich durch laute Geräusche geweckt. Ich schaue auf die Uhr und sehe, dass es schon 17 Uhr ist. Ich stehe auf, mache meine Haare zurecht, die durch das Hin- und Herrollen zu Berge stehen, gehe nach unten und suche den Grund für den Lärm. Ich finde die Ursache in der Küche, in der meine Mutter die Spülmaschine ausräumt. Als sie mich sieht, guckt sie mich besorgt an und sagt: »Hey, alles gut bei dir? Die Schule hat mich angerufen und gesagt, dass es dir nicht gut ginge und du deshalb nach Hause gegangen bist. Was ist denn los?« Ich antworte mit aufgesetztem Lächeln: »Hey Mom.« Nach einer kurzen Pause füge ich hinzu: »Ich hatte Kopfschmerzen, aber jetzt geht es mir wieder besser.« Sie guckt mich erleichtert an, hat aber noch immer Sorge im Blick. Ich helfe ihr bei dem Ausräumen der Spülmaschine. Dann fragt sie mich: »Heißt das, du gehst morgen wieder in die Schule?« »Ja, ich lege mich nach dem Essen direkt schlafen, dann bin ich morgen bestimmt wieder komplett fit.«

Nachdem wir mit dem Ausräumen fertig sind, koche ich mit meiner Mutter gemeinsam einen vegetarischen Auflauf mit Tofu. Als wir mit dem Essen fertig sind, gehe ich nach oben in mein Zimmer. Aber anstatt zu schlafen, lese ich den Chatverlauf von mir und Emma. Nach einer kann unsere Nachrichten schon fast auswendig aufsagen und lege mein Handy zur Seite. Ich versuche wieder, herauszufinden, was ich falsch gemacht habe, ob ich meine Zuneigung hätte mehr zeigen müssen. Aber ich finde keine Antwort.

5. Kapitel

Alex

Als es am Freitag Zeit wird, mich fertig zu machen, gehe ich hunde-
müde ins Bad. Beim Blick in den Spiegel bemerke ich große, dunkle
Augenringe. Ich gehe aus dem Badezimmer runter in die Küche, wo
meine Mutter aufräumt, und begrüße sie: »Guten Morgen, Mama.«
Sie dreht sich zu mir um und sagt erschrocken: »Oh, meine Güte. Wie
siehst du denn aus? Hast du nicht geschlafen?« Ich überlege kurz, was
ich ihr sage. »Nein, ich konnte nicht schlafen, ich war nicht müde.
Wahrscheinlich habe ich Mittag zu viel geschlafen oder so.« Nachdem
ich fertig gesprochen habe, muss ich lange gähnen. Als ich fertig bin,
fragt meine Mutter mich: »Möchtest du heute nicht lieber auch hierbleiben?« Da ich gehofft hatte, dass sie das vorschlägt, antworte ich:
»Ja, besser wäre es vielleicht.« Dann gehe ich wieder hoch in mein
Zimmer und versuche, zu schlafen. Erst gegen 11 Uhr schlafe ich ein.

Zu meiner großen Überraschung wache ich erst am nächsten Morgen auf. Am Mittag raffe ich mich auf, um für meinen morgigen Wettkampf zu trainieren.

Am Sonntag stehe ich früh genug auf, um mich in Ruhe fertig zu machen und zu essen. Da der Wettkampf etwas weiter entfernt stattfindet,
fährt mich meine Mutter. Vor Ort wärme ich mich auf, und als dann endlich das Startsignal gegeben wird, trete ich in die Pedale, wodurch ich
direkt in Führung komme. Für mich sind die 80 Kilometer vor mir eine
gute Ablenkung, da ich wegen der Sache mit Emma noch immer verletzt bin. Nach mehreren Stunden komme ich als Erster mit 17 Sekunden Vorsprung im Ziel an. Nach der Siegerehrung mache ich mich mit
meiner Mutter direkt auf den Weg nach Hause. Dort gehe ich duschen,
esse etwas und lege mich direkt schlafen, da ich komplett ausgelaugt bin.

Am Montagmorgen stehe ich wieder etwas früher auf, da ich mich noch nicht bereit fühle, mit Emma zu reden. Ich weiß, ich kann nicht für immer mein Handy auf Flugmodus haben, aber heute werde ich nicht mit ihrem Bus fahren. In der Schule fragen mich meine Freunde, warum ich nicht da war. Ich antworte nur, dass es mir nicht so gut ging, aber das scheinen sie mir nicht zu glauben. Gleichzeitig merken sie aber auch, dass ich das Thema nicht näher erörtern möchte, und fragen nicht weiter nach. Dafür bin ich sehr dankbar. Der Schultag zieht sich extrem. Auf dem Rückweg von der Schule entscheide ich, dass ich morgen wieder mit Emmas Bus fahren werde.

Am Abend bin ich im Fußballtraining ziemlich abgelenkt. Der Coach nimmt mich nach kurzer Zeit raus, um mit mir zu reden. Ich sage ihm nur, dass ich gestern nach dem Wettkampf nicht so gut geschlafen habe. Er schickt mich daher auf die Bank, wo ich bis zum Ende des Trainings sitzen bleibe. Als ich später zuhause bin, lege ich mich direkt ins Bett. Aber auch in dieser Nacht kann ich nicht gut schlafen, weil ich nervös bin.

Als es endlich Morgen ist, mache ich mich fertig und gehe früh zum Bus, damit ich als Erster von uns beiden da bin. Nach ein paar Minuten kommt Emma auch schon. Sie lächelt mich besorgt an. Dann fragt sie: »Hey, alles gut? Ich hatte versucht, dich zu erreichen, aber du hattest dein Handy aus.« »Hey, ja es war mir in die Badewanne gefallen. Deswegen lag es in Reis«, lüge ich. »Deshalb konntest du mich nicht erreichen.« »Oh, verstehe.« »Wie geht es dir?«

Sie fängt über beide Ohren an zu strahlen, daher mache ich mich auf das Schlimmste gefasst. »Es könnte mir nicht besser gehen. Ich bin gestern mit Nils zusammengekommen!« Auch wenn ich damit gerechnet habe, ziehen sich meine Organe schmerzhaft zusammen. Aber sie scheint glücklich zu sein und wenn sie glücklich ist, bin ich auch glücklich. Zumindest rede ich mir das ein.

Ich versuche, meinen Schmerz zu verbergen, was mir anscheinend gelingt und sage: »Das freut mich für dich.« »Danke, mich auch. Wie war denn dein Wochenende so? Was hast du gemacht?« Ich überlege kurz und antworte dann: »Ich hatte einen Wettkampf, den ich gewonnen habe.« »Oh, herzlichen Glückwunsch!« »Danke. Was hast du so gemacht?« Sie überlegt kurz und erzählt dann ausführlich. Da es die meiste Zeit um Nils geht, wird mir schlecht. Ich bin froh, als sie aussteigen muss.

Emma

Heute bin ich schneller an der Schule als sonst. Außer Daniel sind alle schon da. Nachdem wir uns begrüßt haben, erzähle ich meinen Freunden die gute Nachricht. Lena ist die Einzige, die sich nicht für mich freut. Stattdessen sagt sie: »Ich war auch mit ihm zusammen. Ich dachte, er liebt mich. Bis ich entdeckt habe, wie er mit anderen flirtet. Deswegen habe ich Schluss gemacht. Pass auf, dass er dein Herz nicht so bricht, wie er meins gebrochen hat.« »Keine Sorge, ich passe drauf auf.« Als ich nach der Schule aus dem Gebäude komme, wartet Nils schon auf mich. Ich falle ihm in die Arme und küsse ihn.

Nachdem wir uns voneinander lösen, sagt er: »Hallo Schatz. Wie war dein Tag?« »Hey, gut und deiner?« »Auch. Jetzt ist er noch besser, weil ich dich sehe. Ich habe mir gedacht, wir gehen zusammen Eis essen.« »Ja, gerne. Ich darf aber nicht zu spät zuhause sein. Ich muss noch meine Hausaufgaben machen.« Er nimmt meine Hand, um mich mit sich zu ziehen. Nach einer halben Stunde sind wir bei einem Eiscafé angekommen. Als der Kellner kommt, sage ich: »Ich nehme das Spaghetti Eis...« »...und ich das Pistazieneis«, beendet Nils den Satz. Als unser Eis da ist, klaue ich Nils etwas von seinem Eis, um zu probieren. Als es mir auf der Zunge zergeht, verziehe ich mein Gesicht. »Iiih, das schmeckt ja widerlich. Wie kannst du das nur essen?« Er fängt an zu lachen. »Es schmeckt mir halt.«

Später, nachdem wir längere Zeiten dort saßen und uns unterhalten haben, bezahlt er und wir gehen raus. Er küsste mich. »Schreiben wir später noch?« »Klar.« »Dann bis später. Hab dich lieb.« »Ich dich auch«, erwiderte ich. Dann geht er auch schon. Verwundert gucke ich ihm hinterher, da ich davon ausgegangen bin, dass er mich nach Hause bringt. Letztendlich drehe ich mich um und gehe los. Währenddessen hole ich mein Handy raus, um meine Adresse einzugeben. Glücklicherweise stelle ich fest, dass ich auf dem richtigen Weg bin.

6. Kapitel

Emma

Drei Wochen nachdem ich mit Nils zusammengekommen bin, merke ich immer weniger von Liebe. Stattdessen drängt er mich immer öfters dazu, mit ihm ins Bett zu steigen. Aber ich weigere mich. Ich fühle mich noch nicht bereit dafür. Zusätzlich vermisse ich das Schreiben und Telefonieren mit Alex. Die meiste Zeit bin ich bei Nils oder er telefoniert mit mir. Aber unsere Telefonate finde ich langweilig. Sie sind nicht so unterhaltsam wie mit Alex. Dazu kommt, dass Nils immer nur dumme Witze macht.

Alex

Nach vier Wochen sind Emma und Nils noch immer zusammen. Ich hoffe zwar jeden Tag, dass sie mir berichtet, dass sie nicht mehr mit ihm zusammen ist, aber ich habe immer mehr das Gefühl, dass dies nicht in naher Zukunft passieren wird. Deswegen habe ich mich dazu entschieden, meinen Freunden von meinem Problem zu erzählen.

Als wir in der Pause zusammen stehen fange ich an: »Ich glaube, ich bin euch eine Erklärung schuldig, warum es mir die letzten Wochen nicht so gut ging und warum es mir auch jetzt noch immer nicht so gut geht.« Ich mache eine kurze Pause und schaue meine Freunde nacheinander an. Als ich mich vergewissert habe, dass mir alle zuhören, fahre ich fort: »Ich habe vor sechs Wochen im Bus ein Mädchen kennengelernt. Sie ist wunderschön und ich habe mich direkt in sie verliebt. Wir sind schnell gute Freunde geworden. Vor zwei Wochen war sie bei einem Probetraining im Leichtathletikverein. Dort hat sie Nils Bauer kennengelernt und sich direkt in ihn verliebt.« Ich mache eine Pause, weil ich nicht ganz weiß, wie ich weiter fortfahren soll. Da fragt Viktor: »Hat sie es dir an dem Tag gesagt. als du dich in der zweiten Stunde abgemeldet hast und dann zwei Tage krank warst?« Ich fühle mich ertappt und verziehe unwillkürlich das Gesicht. »Ja, genau. Ich habe es nicht ausgehalten an dem Tag. Ich konnte mich nicht konzentrieren, da ich mit meinen Gedanken bei Emma war. Erst Tage später ging es mir besser. Als ich dann dienstags wieder mit ihrem Bus gefahren bin, hat sie mir dann erzählt, dass sie mit Nils zusammengekommen ist. Ich hatte zwar damit gerechnet, aber es hat trotzdem wehgetan. Da ich wenigstens mit ihr befreundet sein möchte, fahre ich jeden Morgen mit ihr im Bus. Zwischendurch schreiben wir auch, aber es tut weh immer zu hören, wie gut er sie angeblich behandelt.« Alle gucken mich mitfühlend an. Anja sagt: »Dann vergiss sie, fahr mit einem anderen Bus und lösch ihre Nummer. Sie ist dumm, wenn sie Nils nimmt anstatt dich.« Henri ist dagegen: »Ich würde das nicht empfehlen. Ich glaube nicht, dass das so eine gute Idee ist. Es scheint, als würde er für sie sterben, darum würde es ihn bestimmt noch kranker machen, als er ja eh schon ist.« Es stimmen ihm alle zu. Er fügt hinzu: »Aber du musst aufpassen, dass es dich nicht zu sehr zerstört.« Ich nicke und bin plötzlich froh, dass ich solche Freunde habe. »Ich werde aufpassen. Ihr habt recht, ich sollte weiterhin für sie da sein und ihr helfen und zuhören, wenn sie es braucht. Genauso wie sie mir zuhört.« Dann fange ich an, meinen Freunden von Emma zu erzählen. Ich will sie davon zu überzeugen, dass sie den ganzen Schmerz wert ist und es sich lohnt, um sie zu kämpfen.

Eine Woche später gehe ich gerade zusammen mit meinen Freunden aus der Schule. Während wir uns unterhalten, schalte ich mein Handy an. Sofort bekomme ich unzählige Mitteilungen, darunter mehrere verpasste Anrufe von Emma. Zusätzlich habe ich hunderte Nachrichten von ihr in denen sie schreibt, dass sie mich braucht und ich sie anrufen soll, sobald ich dies lese.

Ich sage zu meinen Freunden: »Ich muss schnell zu Emma, irgendetwas ist bei ihr passiert. Wir sehen uns morgen.« Ich höre nicht mehr, was sie darauf antworten, da ich schon zu weit weg bin. Glücklicherweise hatte meine Mutter mir mal gesagt, wo sie eingezogen sind. Ich laufe so schnell wie ich kann, aber ich habe Angst. Vielleicht ist sie schwer verletzt. Dann hätte sie mir nicht schreiben können, ermahne ich mich selbst. Als ich vor dem Haus in der Kölnstraße 6 stehe, kontrolliere ich erst das Namensschild, auf dem »Ducommun« steht.

Ich meine mich daran zu erinnern, dass sie den Namen mal erwähnt hatte, also klingle ich. Nach ein paar Sekunden wird die Tür geöffnet und mein Herz hört auf zu schlagen. Emma hat rote Augen und ihr Gesicht funkelt nass. Ohne zu überlegen, nehme ich sie in den Arm, woraufhin sie anfängt zu weinen. Ich gehe weiter mit ihr ins Haus, damit ich die Türe schließen kann. Ich streichle ihr sanft über den Rücken und flüstere ihr ins Ohr: »Alles wird gut.«

Nach einer gefühlten Ewigkeit hört sie auf zu weinen und löst sich von mir. Ich schaue sie besorgt an. »Komm, wir setzen uns gemeinsam hin und dann sagst du mir was los ist. Was hältst du davon?« Anstatt mir eine Antwort zu geben, nimmt sie mich an der Hand und zieht mich in ihr Wohnzimmer. Sie setzt sich auf die Couch, ich setze mich neben sie. Sie legt ihren Kopf auf meine Schulter und ich streichle ihr wieder über den Rücken.

Nachdem einigen Minuten, in denen wir nur still dasitzen, fängt sie an zu erzählen: »Ich war mit Nils bei ihm zuhause verabredet. Ich war etwas früher da, also haben seine Eltern mich reingelassen und als ich seine Zimmertür aufgemacht habe, habe ich ihn mit einem anderen Mädchen im Bett erwischt.« Ich sehe, wie bei Emma wieder die Tränen laufen, und nehme sie wieder in den Arm. Dann sage ich: »Trauere nicht um einen Menschen, der es nicht wert ist zu trauern. Nils ist dumm, wenn er dich betrügt und ein Arsch.«

Ihre Mundwinkel zucken kurz nach oben. »Danke.« Ich überlege, was ich für sie tun könnte. »Wann hast du das letzte Mal etwas zu dir genommen?« Sie überlegt kurz und antwortet dann: »Gestern Mittag oder so.« Ich stehe auf und ziehe sie hoch. Als sie mich fragend ansieht antworte ich: »Ich koche dir jetzt was.« »Danke, aber ich habe keinen Hunger.« »Du musst etwas essen«, sage ich und sehe sie eindringlich an. »Also schön, wie du meinst.« Sie geht vor und zieht mich mit in die Küche.

Ich gucke mich erstmal um und suche nach brauchbaren Zutaten. Ich finde Butter, Eier, Milch, Basilikum, Cherrytomaten, Paprika, Käse, Oregano und Salz. »Wo habt ihr eine Pfanne mit Deckel und eine mittelgroße Schüssel zum umrühren?« Sie zeigt auf verschiedene Schränke, aus denen ich mir heraushole, was ich benötige. In der Schüssel verrühre ich Eier, Milch, Salz und etwas Basilikum und Oregano, dann gebe ich kleingeschnittene Tomaten und etwas gewürfelte Paprika dazu. Emma sieht mir gespannt zu. Als die Pfanne warm ist, gebe ich ein Stückchen Butter hinein und lasse sie schmelzen, dann schütte ich den Inhalt der Schüssel in die Pfanne. Darauf verteile ich den Käse und lege den Deckel auf die Pfanne. Während das Omelett gart, drehe ich mich zu Emma um.

Sie lächelt mich an und sagt: »Das sieht echt lecker aus. Sag mal, woher weißt du eigentlich, wo ich wohne? Ich hatte dir doch bisher noch nie meine Adresse gesagt.« »In einem Dorf wie unserem weiß jeder alles«, sage ich, während ich das Omelett wende. »Meine Mutter ist mit fast jedem hier befreundet, daher ist sie eine der Ersten, die alles weiß. Sie hat mir erzählt, dass ihr hier eingezogen seid.« Emma schaut überrascht. »Sowas kenne ich gar nicht. In meiner alten Stadt kannte ich höchstens die, die neben uns oder gegenüber gewohnt haben.« Während sie das sagt, holt sie zwei Teller raus. Ich sehe nach dem Omelett. Da es fertig ist, teile ich es in der Hälfte und lege jeweils eine Hälfte auf jeden Teller. Als ich ihr den Teller reiche, bedankt sie sich und probiert ein Stück. Während sie kaut, schließt sie genüsslich die Augen. »Das ist das Beste, was ich je gegessen habe.« Ich lache verlegen. »Danke, eigentlich kommen da noch andere Sachen rein, aber die hattet ihr jetzt nicht hier.«»Mehr Zutaten müssen da nicht unbedingt rein«, entgegnet Emma. »Es schmeckt schon so supergut.«

Nachdem wir gespült haben, setzen wir uns auf die Couch und gucken einen Film. Erst abends suche ich meine Sachen zusammen und gehe zur Tür. Als ich mich von ihr verabschiede, fällt sie mir in die Arme und flüstert mir ins Ohr: »Danke.« Ich flüstere zurück: »Kein Problem. Wenn irgendetwas ist: Ruf mich an.« Sie nickt, woraufhin ich sie nochmal anlächle und dann gehe.

Auf dem Rückweg merke ich, dass ich überglücklich bin, weil sie mich anstatt eine ihrer Freundinnen angerufen hat. Weil sie den ganzen Tag mit mir verbracht hat. Als ich mich zuhause umziehe, fällt mir auf, dass mein Oberteil nach ihr riecht. Darum werfe ich es nicht in den Wäschekorb, sondern lege es auf mein Bett. Als ich mich dann später schlafen lege, drücke ich das Oberteil an meine Brust, um ihren Duft einatmen zu können.

Als ich am nächsten Morgen aufwache, riecht mein Oberteil leider wieder nach mir, also werfe ich es in den Wäschekorb. Dann gehe ich in die Küche und frühstücke, bevor ich mich fertig mache und zum Bus gehe. Ich muss nicht lange warten, Emma zu mir stößt und mich kurz umarmt. Mir steigt ihr Duft in die Nase, verschwindet aber, als sie sich von mir löst. Wieder verspüre ich ein Stechen und merke, dass meine Gefühle für sie wirklich stark sind.

Ich begrüße sie und frage, wie es ihr geht. »Naja, geht so. Ich hab ziemlich schlecht geschlafen, aber es ist schon etwas besser als gestern Mittag. Und bei dir?« »Bei mir ist alles gut.« Nach einer kurzen Pause füge ich vorsichtig hinzu: »Man sieht dir an, dass du schlecht geschlafen hast. An deinen Augenringen.« Emma seufzt. »Ja, ich weiß, dabei habe ich mich bestimmt eine Viertelstunde lang versucht, sie abzudecken. Aber es hat immerhin ein wenig geholfen, heute Morgen sah es viel schlimmer aus.« Nachdem wir uns in den Bus gesetzt haben, frage ich sie: »Hast du Lust nach der Schule etwas zu unternehmen?« Sie zögert mit ihrer Antwort und überlegt einen Moment. »Ja, gerne, warum nicht?« »Ok, dann hole ich dich wieder nach der Schule ab.« Wir unterhalten uns noch, bis sie aussteigen muss. Als ich bei meiner Schule ankomme, sind die meisten aus unserer Clique schon da. Ein paar Minuten später kommt auch Max zu uns. Alle sind neugierig, was mit Emma war und ob es ihr gut geht. Ich erzähle ihnen kurz das Wichtigste, dass Nils Schluss gemacht hat, ich sie getröstet habe und bis abends bei ihr war. Sie erinnern mich daran, mir nicht zu viel Hoffnung zu machen und auch auf mich zu achten, und wieder wird mir klar, was für gute Freunde ich eigentlich habe.

7. Kapitel

Alex

Die restliche Woche und auch die darauffolgende unternehme ich jeden Tag etwas mit Emma. Als wir am Sonntag wieder am See spazieren gehen, bleibt sie an einer Stelle mit guter Sicht auf den See stehen. Sie sieht sich die Schwäne an, die am anderen Ufer entlang schwimmen. Dann dreht sie sich zu mir. Wir stehen nur eine Hand breit auseinander. Mein Herz schlägt wieder wie wild.

Sie schaut mir in die Augen. »Danke, für alles. Für die Ablenkung, fürs Zuhören und einfach, dass du für mich da bist.« Ich erwidere: »Dafür sind Freunde doch da.« Sie lächelt mich an. Mein Blick springt abwechselnd von ihren Augen zu ihren Lippen und zurück. Keiner von uns macht Anstalten sich zu bewegen.

Dann kommen wir uns doch näher und es passiert das, was ich schon seit dem ersten Tag wollte: Unsere Lippen treffen sich und ich habe das Gefühl, dass ein Feuerwerk in mir explodiert. Mein Herz rast, mein Magen schlägt Purzelbäume und ich habe Schmetterlinge im Bauch. Ich umschlinge ihren Körper mit meinen Armen. Der Kuss wird intensiver. Ich habe keine Ahnung, wie lange wir uns küssen, aber als wir uns voneinander lösen, geht die Sonne schon langsam unter.

Schwer atmend schauen wir uns kurz an und machen uns dann ohne ein weiteres Wort auf den Weg zu ihr nach Hause. Als wir bei ihr ankommen, habe ich keine Ahnung, wie ich mich verabschieden soll. Soll ich sie küssen oder mich einfach verabschieden? Es scheint so, als wäre auch sie etwas unsicher. Also entscheide ich mich, ihr etwas Raum zu geben, umarme sie nur und küsse sie kurz auf die Stirn. Zum Abschied flüstere ich ihr ins Ohr: »Gute Nacht.« Sie lächelt mich schüchtern an und flüstert zurück: »Gute Nacht.«

Ich mache mich auf den Weg nach Hause und denke darüber nach, was wir jetzt sind – weiterhin beste Freunde oder vielleicht doch mehr? Als ich später in meinem Zimmer liege, erhalte ich eine Nachricht von Emma, was mein Gedankenkarussell vorerst anhält.

Auf dem Sperrbildschirm werden nur zweite Worte angezeigt:

Hey Alex

Ich ahne, dass jetzt nichts Gutes kommt, entsperre aber trotzdem mein Handy und fange an zu lesen.

Hey Alex,

eigentlich wollte ich dir am See etwas sagen, aber dann haben wir uns geküsst und ich habe mich nicht mehr getraut. Ich muss es dir aber sagen. Und zwar: Ich weiß gerade nicht, was ich für dich empfinde bzw. empfinden soll. Ich bin mir auch nicht sicher, ob ich überhaupt noch auf Jungs stehe. Vielleicht bin ich bi, vielleicht lesbisch... Ich weiß es nicht, und um es herauszufinden, brauche ich eine Auszeit. (Ich weiß, das hört sich jetzt zwar so an, als wären wir zusammen und ich bräuchte eine Pause, aber wir sind es ja nicht). Ich werde mich bei dir melden, wenn ich etwas mehr Klarheit in meine Gedanken bringen konnte. Bis dahin, alles Gute.

P.S.: Es tut mir leid, dass es dich mit alldem erwischt hat.

Ich muss die Nachricht noch ein zweites Mal lesen, bevor ich sie wirklich verstehe. Schmerz durchfährt meine Brust. Ich schalte mein Handy aus, ohne ihr zu antworten, und lege mich aufs Bett. Ich verstehe nicht, warum das ausgerechnet jetzt kommt. Es hat sich gerade so gut angefühlt und ich dachte, dass der Kuss gerade erst der Anfang wäre. Aber nein. Ich überlege, ob ich nicht doch wieder ans Handy gehen soll. Vor der Nachricht von Emma habe ich nämlich gesehen, dass meine Freunde sich heute treffen wollen.

Ich weiß nicht, ob ich ihnen zurzeit unter die Augen treten kann. Sie haben mich oft genug davor gewarnt, dass ich aufpassen soll. Vielleicht hat sie Anzeichen dafür gezeigt, dass sie nicht sicher ist. Hat sie es mal erwähnt, als ich nicht zugehört habe?

Ich drehe mich um und versuche, zu schlafen. Ich liege lange wach und als ich endlich einschlafe, ist mein Schlaf unruhig. Ich wach auf und bin so müde, als hätte ich gar nicht geschlafen. Ich gehe zu meiner Mutter und sage ihr, ich hätte Bauchschmerzen, sodass sie mich wieder zuhause bleiben lässt.

Den ganzen Tag bin ich bei mir im Zimmer. Da ich tagsüber viel geschlafen habe, werde ich schon in den frühen Morgenstunden wach. Als es endlich 5 Uhr ist ziehe ich mich an, suche meine Sachen zusammen und gehe ins Badezimmer, um mir die Zähne zu putzen. Nachdem ich aus dem Haus gegangen bin, schreibe ich meiner Mutter eine SMS.

Guten Morgen Mama, mir geht es wieder besser. Bin schon früher aus dem Haus, weil ich mich vor der Schule noch wegen einer Präsentation mit Henri treffe.

Ich lese nochmal durch, was ich geschrieben habe und überlege, ob es glaubwürdig klingt. Ja, das passt. Ich schicke sie ab, weiß aber nicht, was ich jetzt machen soll, daher gehe ich einfach los. Nach einer Weile bin ich an der Bank, an der Emma und ich uns vorgestern geküsst haben. Ich setze mich auf die Bank, da ich eine Pause brauche. Während ich so dasitze, überlege ich wieder, ob ich irgendetwas falsch gemacht habe.

Lange Zeit bleibe ich so sitzen. Als mir langsam klar wird, dass ich keine Antworten finde, stehe ich auf und mache mich auf den Weg zu Henri. Ich brauche dringend jemanden zu reden, darum schicke ich ihm unterwegs eine Nachricht:

Hey, kannst du schon rauskommen?

Glücklicherweise braucht er nicht lange, um mir zu antworten:

Hey, ja warum? Was ist los?

Muss mit dir reden. Bin fast vor deiner Tür.

Ok, ich komme raus. Gib mir 10 Minuten.

Auf die Sekunde genau kommt Henri nach zehn Minuten raus. Er sieht mich besorgt an und kommt auf mich zu. Als er vor mir steht, umarmt er mich kurz. Sein Duft macht mir plötzlich klar, wie ich ihn vermisst habe. Er mustert und sagt dann: »Du siehst echt nicht gut aus. Was ist denn los? Und warum warst du gestern wieder nicht in der Schule?« »Ich und Emma haben uns am Sonntag geküsst.« Er schaut mich freudig an, aber in seinen Augen sehe ich auch Besorgnis. Ein Ausdruck von Trauer huscht über sein Gesicht. Oder habe ich mir das eingebildet? Ich erzähle weiter: »Ich war überglücklich, aber als ich dann zuhause war, hat sie mir eine Nachricht geschrieben.« Als ich daran denken muss, steigen mir die Tränen in die Augen. Henri nimmt mich wieder in den Arm und als ich mich beruhigt habe, rede ich weiter. »Sie hat geschrieben, dass sie nicht weiß, was sie für mich empfindet und sich auch gar nicht sicher ist, ob sie vielleicht bi oder lesbisch ist. Sie braucht eine Pause und meldet sich bei mir, wenn sie wieder Kontakt möchte.« Dieses Mal bin ich es, der Henri umarmt, und dann lasse ich alles raus, was sich seit Sonntag in mir angestaut hat.

Erst nach vielen Minuten höre ich auf zu weinen. Ohne wirkliches Ziel gehen wir ein Stück und Henri sagt sanft, aber mit Nachdruck: »Das tut mir leid für dich, aber wir haben dich ja gewarnt, dass du auch auf dich achten sollst. Ich weiß, du kannst nichts dafür. Jetzt musst du ihr einfach etwas Zeit geben. In so einer Situation braucht man eben Zeit für sich. Und falls sie lesbisch ist, aber trotzdem mit dir Kontakt haben möchte, musst du das respektieren.« Genau dafür liebe ich ihn. Er sagt aufrichtig seine Meinung und hält sich nicht zurück, nur weil ich sein Freund bin. »Ich weiß. Aber ich dachte, dass nichts passieren wird. Du hast schon Recht. Ich hoffe, dass sie mit mir befreundet bleiben will, egal, was sie letztendlich über sich herausfindet«, erwidere ich. Er nickt und antwortet mit einem Stirnrunzeln: »Sei aber bitte auch darauf vorbereitet, dass sie nein sagt. Schließlich weißt du nicht, wie es in ihrem Kopf aussieht.« Während wir geredet haben, sind wir zum See spaziert und setzen uns jetzt auf eine Bank. Henri fragt: »Wann hast du das letzte Mal etwas gegessen?« Ich überlege kurz und antworte dann: »Am Sonntag, glaube ich.« Henri kramt in seiner Tasche herum. Zum Vorschein kommen eine Wasserflasche und seine Brotdose.

»Hier, nimm, sonst kippst du nachher noch um.« »Danke«, sage ich und nehme die Sachen an. Nachdem ich getrunken und gegessen habe, machen wir uns gemeinsam auf den Weg zur Schule. Als wir an der Schule ankommen, sind schon einige von unserer Clique an unserem gewohnten Platz. Ich bemerke ihre hoffnungsvollen Blicke und schüttle mit einem unglücklichen Lächeln leicht den Kopf.

Emma

Es ist der erste Tag, an dem ich wieder in die Schule gehe. Ich habe mich am Sonntag so mies gefühlt, dass ich seitdem nicht richtig schlafen konnte. Es ist erst 4 Uhr in der Früh, aber ich stehe trotzdem auf. Ich entscheide mich dazu, mich anzuziehen und dann aus dem Haus zu gehen.

Da die Schule erst in drei Stunden anfängt, habe ich keine Ahnung, was ich machen soll. Also gehe ich einfach los. Spontan gehe ich in Richtung Schule und grüble derweil wieder, was ich eigentlich will. Sollte ich mit Hannah darüber reden? Schließlich hat sie sich ja schon geoutet. Andererseits ist sie auch der Grund, weshalb ich verunsichert bin, denn ich habe zwar Gefühle für Alex, aber ich glaube, auch Gefühle für Hannah zu haben. Warum ist das nur so kompliziert? Kann mir nicht einfach jemanden sagen, ob ich bi oder lesbisch bin? Vielleicht bin ich ja auch Trans? Manchmal fühle ich mich in meinem Körper gar nicht wohl. Dann überlege ich immer, wie es wohl ist, ein Junge zu sein. Ob es entspannter ist oder genau so anstrengend? Am Ende entscheide ich mich doch dazu, Hannah zu schreiben, ob sie schon wach ist. Leider antwortet sie mir nicht. Weil ich nicht möchte, dass mich Lehrer sehen, die früher kommen, gehe ich an der Schule vorbei und setze mich ein paar Meter weiter auf eine Bank.

Nach einer guten halben Stunde bekomme ich eine Nachricht. Ich hole mein Handy raus und lese sie:

Hey Emma, bin gerade aufgestanden. Alles gut?
Brauche wen zum Reden.
Was ist denn los? Brauche ca. 20 Minuten, um mich fertig zu machen. Wo
soll ich hin?
Würde dir entgegenkommen. Bin gerade in der Nähe von der Schule.
Danke
Kein Problem. Bis gleich
Ich mache mich auf den Weg zu Hannah. Ein paar Häuser von ihr
entfernt treffe ich sie. Wir umarmen uns und gehen dann gemeinsam
Richtung Schule. Anstatt ihr zu sagen, was los ist, nehme ich mein
Handy raus. Ich tippe auf den Chat von Alex, um ihr die Nachricht zu
zeigen. Nachdem sie sie gelesen hat, gibt sie mir mein Handy wieder.
»Das freut mich für dich«, sagt Hannah. Ich frage sie: »Woher hast
du gewusst, was du bist?« Hannah lächelt. »Ich habe ein wunderschönes Mädchen kennengelernt, da war mir plötzlich klar, dass ich nicht
hetero bin.« Mein Herz macht einen Freudensprung. Vielleicht meint
sie mich damit? Nein, sage ich mir, sie wusste ja schon vorher, dass sie
lesbisch ist. »Und was ist jetzt mit dem Mädchen?«, frage ich sie. »Wir
sind seit kurzem zusammen, aber behalte es bitte für dich. Ich möchte es den anderen erst sagen, wenn ich sicher bin, dass wir länger zu-
sammenbleiben.« »Keine Sorge, ich verrate es keinem.« Den Rest des
Weges nutzt Hannah, um mir Fragen zu stellen und Tipps zu geben.

Währenddessen sind wir bei der Schule angekommen. Da sie keine
Tipps mehr hat, erzählt sie mir von ihrer Freundin. So langsam wird
es um die Schule herum voller. Auch unsere Freunde kommen nach
und nach dazu. In ihren Gesichtern steht Verwunderung, sie fragen
aber nicht nach. Stattdessen unterhalten wir uns über alles Mögliche.
Auch darüber, dass Lena Recht hatte mit der Behauptung, dass unsere Lehrerin schwanger sei. Die Woche über geht es mir immer besser.
Zugleich werde ich mir auch immer sicherer, was meine Sexualität an-
geht. Da ich mit Alex zurzeit keinen Kontakt habe, lenke ich mich mit
meinen Freunden ab.

Im Internet habe ich gesehen, dass es dieses Wochenende ein Wettrennen im nächsten Ort gibt. Da ich mich erinnere, dass Alex davon gesprochen hat, entschließe ich mich dazu, dorthin zu gehen. Als ich mir die Teilnehmerliste angesehen habe, stand er tatsächlich mit drauf. Ich möchte allerdings nicht, dass er mich sieht, deswegen stelle ich mich etwas weiter hinten hin. Einige Zeit später kommen die ersten Radfahrer. An der Spitze ist auch Alex. Sofort fange ich an zu jubeln und ihn anzufeuern.

Am Ende dieses Tages bin ich mir zu 99 % sicher.

8. Kapitel

Alex

Zwei Wochen später ist Emma fast komplett aus meinem Kopf verschwunden. Bisher hat sie sich noch nicht gemeldet. Am Sonntag habe ich wieder ein Wettrennen. Ich fühle mich top fit und bin bester Dinge, dass ich wieder gewinne. Als der Startschuss fällt, gebe ich Gas. Nach ein paar Kilometern drehe ich mich um, um nach meinen Konkurrenten zu sehen. Ich bin verwundert, als ich feststelle, dass der Nächste gut 100 Meter hinter mir fährt. Einen Kilometer vor dem Ziel drossle ich mein Tempo, da der Abstand zwischen mir und meinen Gegnern größer geworden ist und ich so etwas Energie sparen kann.

Ein paar Meter weiter höre ich plötzlich eine Stimme, die ich unter tausenden wieder erkennen würde, und dann sehe ich auch schon Emma, die mich vom Streckenrand aus anfeuert. Das hebt meine Laune beträchtlich und ich spüre neue Kraft. Deswegen gebe ich auf den letzten Metern nochmal Vollgas und fahre mit 40km/h durchs Ziel. Als ich zum Stehen komme, muss ich erstmal durchatmen, da ich völlig aus der Puste bin. Meine Mutter ist kurz danach bei mir, um mir mein Wasser zu reichen und mir zu meinem Sieg zu gratulieren. Als alle Teilnehmer im Ziel angekommen sind, findet die Siegerehrung statt. Danach kommen einige Leute zu mir, um mir zu gratulieren.

In all dem Trubel habe ich schon fast wieder verdrängt, dass Emma an der Rennstrecke stand. Es fällt mir erst wieder ein, als ich sehe, wie sie in meine Richtung kommt. Ich entschuldige mich bei irgendwelchen Leuten, die mir gerade gratulieren, und gehe auf sie zu. Wir bleiben voreinander stehen. Sie lächelt schüchtern und gratuliert mir dann zum Sieg. Ich bedanke mich und es tritt eine unangenehme Stille ein.

Sie räuspert sich und sagt: »Ich wollte mich dafür entschuldigen, dass ich nach unserem Kuss erstmal keinen Kontakt wollte. Ich wusste einfach nicht, ob es gut ist, dass wir noch weiter befreundet sind oder was ich für dich empfinden soll. Ich hätte auch Verständnis dafür, wenn du jetzt sagst, du möchtest nach dieser Aktion keinen Kontakt mehr mit mir haben. Aber wenn du möchtest, würde es mich freuen, wenn wir wieder Freunde wären.« Ich schweige und muss einen Moment darüber nachdenken, was sie gesagt hat. Sie hat mich jetzt schon mehrfach verletzt, zwar nicht immer wissentlich, aber das spielt keine Rolle. Es zählt nur, dass sie mich schon oft verletzt hat und es mir darum schon oft ziemlich schlecht ging. Nach einer Weile habe ich mich entschieden und teile ihr mit. »Ja, ich möchte wieder mit dir den Kontakt aufnehmen. Und auch wieder mit dir befreundet sein.« Sie lächelt über beide Ohren und fällt mir dann um den Hals. Als wir uns voneinander lösen, füge ich hinzu: »Ich möchte nie wieder Funkstille zwischen uns haben. Ich fand es blöd.« In ihren Augen kann ich Schuldgefühle erkennen. »Keine Sorge, es wird nie wieder Funkstille zwischen uns beiden geben.« Sie guckt auf ihre Uhr und verabschiedet sich dann, da sie nach Hause muss.

Nach ein paar Minuten kommt ein Mädchen auf mich zu. Sie hat auch Radsportklamotten an. Ich bin mir ziemlich sicher, sie vor dem Start gesehen zu haben. Sie lächelt mich an und sagt: »Hey, ich wollte dir zum Sieg gratulieren.« Ich erwidere ihr Lächeln und antworte: »Danke, auf welchem Platz bist du denn gelandet?« »Auf dem 11.« »Dann gratuliere ich dir zu deinem 11. Platz. Lea, richtig?« »Ja, genau. Und du Alex, korrekt?« »Ja, richtig.« Irgendwie habe ich das Gefühl, sie schon ewig zu kennen. Sie fragt: »Fährst du schon lange Rennen?« »Hm, schon eine Weile. Ich fahre seit vier Jahren bei Wettrennen mit. Wie sieht es bei dir aus?« »Das hier war mein erstes Rennen.« »Wow, beim ersten Rennen schon auf Platz 11 ist echt gut. Finde ich.« »Echt?«, fragt sie ungläubig. »Ja, echt«, versichere ich ihr, worauf sie sich bedankt.

Dieses Mal bin ich es, der auf die Uhr guckt. Als ich feststelle, dass es schon recht spät ist, sage ich: »Ich muss jetzt leider los.« »Oh, ok.

Darf ich deine Handynummer haben?« Ich grinse sie an. »Ja, aber nur, wenn ich auch deine haben darf«, antworte ich in neckendem Ton. Sie lächelt und gibt mir ihre Nummer, bevor ich ihr meine gebe. Ich verabschiede mich und fahre mit meiner Mutter nach Hause. Ich bereue es ein wenig, nicht länger mit ihr gesprochen zu haben.

Als ich am nächsten Morgen aufwache, habe ich eine Nachricht auf meinem Handy.

Hey Alex, bist du beim Wettrennen nächste Woche dabei? Hier ist Lea von gestern.

Hey Lea, ja, bin ich.

Ich lege mein Handy weg, mache mich fertig und gehe zum Bus. Ich freue mich schon darauf, endlich wieder mit Emma gemeinsam Bus zu fahren. Wenig später sehe ich sie auch schon kommen. Sie umarmt mich freundschaftlich und begrüßt mich. Als der Bus kommt, lasse ich sie vor mir einsteigen. Da Emma mir gestern nicht gesagt hat, ob sie jetzt bisexuell, lesbisch oder doch hetero ist, überlege ich, wie ich sie danach fragen kann. Als könnte sie meine Gedanken lesen, fängt sie an: »Ich habe dir gestern gar nicht erzählt, was ich letztendlich über meine Sexualität herausgefunden habe. Es war irgendwie untergegangen, da ich ja wieder wegmusste und auch nervös war.« Sie macht eine kurze Pause und ich kann ihr ansehen, dass es ihr nicht so ganz leichtfällt. »Ich bin ... bisexuell.« »Das freut mich für dich.« Emma scheint erleichtert über meine Reaktion und lächelt. Die übrige Busfahrt unterhalten wir uns genau so locker wie immer.

Nach der Schule gehe ich nach Hause und treffe mich kurz danach mit meinen Freunden. Da ich nicht weiß, wie es zwischen mir und Emma jetzt steht, habe ich mich dazu entschieden, erstmal nicht so viel mit ihr zu unternehmen. Dazu kommt, dass ich zurzeit auch relativ viele Wettrennen habe, sodass Lea und ich uns besser kennenlernen. Manchmal erwische ich mich dabei, wie ich mir vorstelle, Lea zu küssen. Dann frage ich mich, ob sie auch so gut küsst wie Emma. Gleichzeitig will ich aber eigentlich auch das fortführen, was mit

Emma am See angefangen hat. In den nächsten Wochen treffe ich mich sowohl mit Emma als auch mit Lea. Vor und auch nach den Wettrennen unterhalten wir uns über das Rennen und unsere Platzierungen. Zwischendurch schafft Lea es sogar, mich zu überholen. Des Öfteren kommt es auch vor, dass wir beide direkt hintereinander liegen.

Leider ist die Hauptsaison schon nach sieben Wochen vorbei. In der Gesamtwertung liege ich auf dem 2. Platz, Lea auf dem 4. Platz. So wie jedes Jahr, wenn die Saison vorbei ist, gibt es eine große Party. Da ich auch etwas für Lea empfinde, habe ich mich dazu entschieden, Emma nicht mitzunehmen. Ich weiß zwar, dass ich mich über kurz oder lang für eine der beiden entscheiden muss, aber heute werde ich einfach nur Feiern.

Um Mitternacht ist die Party noch in vollem Gange. Die meiste Zeit habe ich mich mit allen möglichen Leuten unterhalten. Jetzt aber stehe ich an der Wand und unterhalte mich mit Lea. Sie ist etwas angetrunken, aber noch bei klarem Verstand. Auf einmal wird Lea von irgendwem angerempelt, weshalb sie nach vorne stolpert. Sie stützt sich auf meiner Brust ab und wir sehen uns in die Augen, unsere Gesichter nur wenige Millimeter voneinander entfernt. Erst jetzt fällt mir auf, dass sie wunderschöne Augen hat. Und dann passiert es irgendwie. Ihre Lippen landen auf meinen und wir küssen uns innig.

Nach einer gefühlten Ewigkeit lösen wir uns voneinander und ich habe das komische Gefühl, beobachtet zu werden. Ich sehe mich um. Emma steht wie angewurzelt ein paar Schritte von uns entfernt und starrt mich an. Mit Tränen in den Augen dreht sie sich um und geht. Ich laufe ihr sofort hinterher, aber als ich draußen angekommen bin, sehe ich sie nirgends. »Fuck... Fuck, FUCK«, schreie ich immer lauter. Ich laufe um die Häuserecken, in der Hoffnung, sie dort zu finden, doch sie ist verschwunden. Also lehne ich mich an die Hauswand und lasse mich zu Boden sinken. Genau in dem Augenblick, als ich mit Lea rumgemacht habe, habe ich mich für eine Person entschieden. Dummerweise ist es genau die Person, der ich gerade das Herz gebrochen habe. Ich hole mein Handy raus und versuche sie zu erreichen, aber sie geht nicht ran. Also schreibe ich ihr.

Emma, es tut mir leid. Können wir reden?

Auch wenn wir nicht zusammen sind, habe ich das Gefühl, mich für den Kuss mit Lea entschuldigen zu müssen. Da mir meine Lust aufs Feiern gerade vergangen ist, gehe ich eine Runde spazieren. Langsam wird es Herbst und die kühle Nachtluft hilft mir dabei, den Kopf freizubekommen.

Drei Stunden später spaziere ich immer noch alleine in der Gegend herum. Ich weiß schon lange nicht mehr, wo ich bin, aber mit meinem Handy könnte ich jederzeit nach Hause finden. Noch möchte ich draußen bleiben. Als ich mein Handy zum hundertsten Mal prüfe, sehe ich wieder Leas Nachrichten auf meinem Sperrbildschirm.

Warum bist du weggelaufen? War es so schlimm oder habe ich was falsch gemacht? Melde dich bitte bei mir.

Danach hat sie mehrmals versucht, mich anzurufen, aber ich bin nicht dran gegangen. Ich weiß nicht, wie ich ihr erklären soll, dass ich eine andere liebe. Dazu kommt, dass ich sie auch nicht als Freundin verlieren will. Ich vergrabe das Gesicht in den Händen und fahre mir durch die Haare. Spätestens heute Mittag werde ich es ihr sagen. Nach einer weiteren Stunde gehe ich nach Hause. Auf meinem Handy öffne ich die Navigationsapp gebe meine Adresse ein. Ich bin verwundert, als die App mir anzeigt, dass ich nur ungefähr eine Stunde brauche. Ich hätte gedacht, dass ich weiter entfernt wäre.

Wie sich herausstellte, war die Schätzung meines Handys nicht ganz korrekt. Gelegentlich wurden mir Wege angezeigt, die nicht existieren, weshalb ich auf einen Umweg ausweichen musste. Letzten Endes war ich nach gut anderthalb Stunden zuhause. Bevor ich ins Bett gehe, versuche ich nochmal, Emma zu erreichen. Wie zu erwarten, geht sie nicht ran. Ich schreibe ihr erneut eine Nachricht, in der ich sie bitte, mich um 11:00 Uhr an der Bank am See zu treffen. Dann lege ich mich schlafen. Sofort fange ich an, von dem Treffen mit Emma zu träumen. Immer wieder geht es anders aus, aber nie gut.

9. Kapitel

Alex

Nach etwa vier Stunden wache ich auf. Während ich mich aufsetze, kontrolliere ich mein Handy. Ich sehe zwar, dass Emma meine Nachricht gelesen hat, geantwortet hat sie aber nicht. Ich gehe nach unten in die Küche, um etwas zu essen. Ich begrüße meine Mutter und erzähle von der Party. Den Teil mit dem Kuss und alles danach lasse ich allerdings aus. Dann gehe ich wieder nach oben, um mich fertig zu machen. Auch wenn Emma mir nicht geantwortet hat, werde ich dort hingehen, denn ich hoffe, dass sie trotzdem kommen wird. Ich brauche nicht lange bis zur Bank. Da ich fast zwanzig Minuten zu früh bin, setze ich mich auf die Bank. Aber ich bin so nervös, dass ich nicht lange sitzen bleiben kann. Also stehe ich auf und gehe im Kreis.

Kurz vor 11 Uhr höre ich Schritte kommen. Ich drehe mich in die Richtung, aus der ich die Schritte höre. Emma hat leichte Augenringe. In ihren Augen kann ich Wut, Trauer und Eifersucht sehen. Nichtsdestotrotz sieht sie wunderschön aus. Sie bleibt einen Meter vor mir stehen. Ich fange direkt an zu reden. »Wir sind zwar nicht zusammen, aber trotzdem möchte ich mich entschuldigen. Ich bin dir gestern hinterhergelaufen, aber du warst schon weg.« »Ich weiß, dass wir nicht zusammen sind…«

Sie stoppt, dabei hat es sich so angehört, als wollte sie noch etwas sagen. Deswegen warte ich, ob noch irgendetwas von ihr kommt. »Wenn ich ehrlich bin, es hat wehgetan zuzusehen, wie ihr beide miteinander knutscht. Ihr saht so vertraut miteinander aus. In dem Augenblick, als ich euch beide gesehen habe, ist mir klar geworden, was ich mir selbst nicht eingestehen wollte. Dass ich, seit ich dich kennengelernt habe… in dich verliebt bin. Ich wollte es mir nie eingestehen, denn wie du selbst mitbekommen hast, gehen meine Beziehungen nie lange und nie gut. Ich habe Angst, dass die Beziehung zwischen uns beiden auch scheitert. Ich möchte dich nicht verlieren, weder als festen Freund noch als besten Freund.«

Diese Information überrascht mich, sorgt aber auch dafür, dass mein Herz schneller schlägt. »Wow, damit hatte ich nicht wirklich gerechnet. Weißt du... Ich bin in dich verliebt, seit ich dir das erste Mal die Tür aufgehalten habe. Als wir uns dann besser kennengelernt haben, habe ich mich noch mehr in dich verliebt. Es hat geschmerzt, als du mir von Nils erzählt hast und wenn ich ganz ehrlich bin, hat es mich gefreut, als ihr nicht mehr zusammen wart. Ab da hatte ich die Hoffnung, dass wir beide irgendwann zusammenkommen. An dem Tag, als du wieder mit mir befreundet sein wolltest, habe ich Lea kennengelernt. Von da an wusste ich nicht mehr, was ich will, und war verwirrt. Erst, als ich gestern Abend mit Lea-« Ich unterbreche mich selbst, als ich den Blick in Emmas Gesicht sehe. »Erst bei der Party gestern wurde mir klar, was ich wirklich will. Aber da war es schon zu spät, denn du hast uns gesehen und deine Schlüsse gezogen. Aber ich versichere dir, genau in dem Augenblick, als Lea mich geküsst hat wusste ich, dass sie nicht die Richtige ist, sondern du. Ich möchte mit dir zusammen sein, für immer. Ich will mit dir alt werden. Ich gehe mit dir durch jede Tiefe und über jede Höhe, egal was passiert. Daran kann nichts etwas ändern. Ich liebe Dich, Emma Ducommun. Und selbst, wenn es mit uns nicht funktionieren sollte, werde ich immer dein bester Freund sein.« Ich knie mich vor sie, bevor ich den letzten Satz spreche: »Emma, möchtest du meine Freundin sein?« Sie sieht überrascht, aber auch glücklich aus. Ich hoffe inständig, dass die Tränen in ihren Augen Freudetränen sind. »Ja, Alex Zeiler. Ich möchte deine Freundin sein.«

Ich stehe auf, um sie zu küssen. Wir wissen wahrscheinlich beide nicht, wie lange wir uns küssen, aber fühlt sich an wie eine Ewigkeit. »Was wollen wir jetzt machen?«, fragt sie mich. Ich seufze. »Ich muss mit Lea reden und es ihr erklären, persönlich. Aber danach können wir machen, was du möchtest.« »Ja, das verstehe ich. Ich würde gleich mit dir zu meinen Eltern fahren, um dich ihnen vorzustellen. Als meinen Freund.« Es hört sich noch ungewohnt an, diese Worte aus ihrem Mund zuhören, aber mein Herz macht einen Freudensprung. Wir küssen uns noch einmal, lang und innig. Auch wenn ich sie am liebsten die ganze Zeit küssen möchte, muss ich los, um mit Lea zu reden.

Als ich losgegangen bin, schreibe ich ihr eine Nachricht.

Hey Lea, ich muss mit dir reden. Kannst du jetzt?

Sie braucht nicht lange, um mir zu antworten.

Hey, ja, wo denn?

Ich überlege kurz und antworte ihr dann.

In Bedstein am Bhf. Oder ist das für dich zu weit weg?

Nein, geht, ich brauche ca. 35 Minuten bis dahin. Ich war gerade eh in der Nähe vom Bahnhof spazieren.

Ich überlege kurz, wie lange ich bis dahin brauche.

Evtl. musst du kurz warten, ich brauche so um die 40 Minuten, wenn alles gut geht.

Ok, ich warte am Eingang auf dich. Bis gleich

Bis gleich.

Dann gehe ich schnellen Schrittes zum Busbahnhof. Als ich dort ankomme, steht auch schon ein Bus da, mit dem ich bis zum Bahnhof komme. Anscheinend kam ich gerade noch rechtzeitig, denn als ich eingestiegen bin, macht der Busfahrer die Tür zu und fährt los.

Da relativ viel Verkehr ist, komme ich erst nach einer Dreiviertelstunde an. Lea hat mir in der Zwischenzeit geschrieben, dass ihr Zug durch ein defektes Signal etwa zehn Minuten Verspätung hat. Nachdem ich ausgestiegen bin, setze ich mich auf eine Treppe, die zu den Gleisen führt. Nach ein paar Minuten höre ich den Zug oben einfahren. Damit ich nicht im Weg bin, stehe ich auf und gehe auf die gegenüberliegende Seite.

Lea ist eine der ersten, die die Treppe runterkommt. Als sie vor mir steht, begrüßt sie mich, woraufhin auch ich sie begrüße. »Sollen wir uns setzen oder möchtest du währenddessen spazieren gehen?«, frage ich sie direkt. »Ich war jetzt genügend spazieren. Ich bin für sitzen.« »Ok, gut.«

Wir verlassen den Bahnhof und setzen uns auf die Wiese davor. Es verstreichen einige Minuten, in denen keiner von uns etwas sagt. »Es tut mir leid, dass ich gestern nach dem Kuss einfach weggegangen bin. Es ist nicht so, dass du schlecht küssen würdest oder hässlich wärst, aber ich bin schon seit Längerem in jemanden verliebt. Als ich dich kennengelernt habe, sah es nicht ganz so rosig bei mir und ihr aus. Ehrlich gesagt wusste ich eine Zeit lang auch nicht, zu wem ich mich mehr hingezogen fühle. Durch den Kuss wurde es mir klar, aber leider hat sie uns beide gesehen und ist weggelaufen. Natürlich musste ich ihr hinterher. Heute Morgen haben wir uns ausgesprochen und sind jetzt zusammen.«

Sie zeigt keine Reaktion. Fast wirkt sie sogar ein wenig erleichtert? »Wenn ich ehrlich bin: Ich hatte bisher nur zwei feste Freunde. Es ist nicht mein Ding, vergeben zu sein. Ich suche immer nur was Schnelles. So auch gestern. Ich dachte, du kennst meinen Ruf. Ist aber auch nicht so wichtig. Ich freue mich für dich.« Das überrascht mich. »Wenn ich ehrlich bin, hatte ich keine Ahnung von deinem Ruf. Sind wir dann trotzdem Freunde?« »Ja, natürlich.« Wir unterhalten uns noch kurz, dann mache ich mich aber wieder auf den Weg, weil ich ganz schnell wieder bei meiner Freundin sein möchte. Während ich im Bus sitze, schreibe ich Emma:

Hallo Schatz, ich komme in ungefähr 50 Minuten auf Bussteig A an.

Dann fällt mir ein, dass der Bussteig A nur für die Busse ist, die noch weiterfahren. Da meiner dort seine Endstation hat, kommt er an C an. Eigentlich ist es ja auch egal, denke ich mir, und korrigiere mich nicht.

50 Minuten später komme ich an. Ich sehe mich um und entdecke Emma auf einer Bank am Steig gegenüber. Als würde sie meinen Blick spüren, sieht sie auf. Sie lächelt mich an, steht auf und läuft zu mir, ohne nach links oder rechts zu schauen.

10. Kapitel

Alex

Plötzlich wird sie mehrere Meter weit nach vorne geschleudert. Erst realisiere ich gar nicht, was passiert ist, doch dann laufe ich los. Ich nehme nichts mehr wahr, als ich bei ihr bin. Sie blutet am Kopf und am Bauch. Ich rüttle sie sanft, aber sie reagiert nicht. Aus dem Augenwinkel sehe ich, wie sich eine Hand auf ihren Hals zu bewegt und ihren Puls fühlt. Zwei weitere Hände versuchen, mich von ihr weg zu ziehen, aber ich wehre mich. Die Person ist jedoch stärker als ich und nach kurzer Zeit gebe ich auf. Ich lasse den Kopf nach vorne fallen und spüre, wie mir Tränen über das Gesicht laufen.

Irgendwann fasst mich eine Person sanft am Arm. Als ich aufschaue, sehe ich einen Rettungssanitäter. »Ist alles in Ordnung?«, fragt er mich. Ich antworte ihm nicht. »Wie heißt du?«, fragt er mich weiter. Ich antworte kaum hörbar: »Alex.« »Hallo Alex, ich bin Anton. Wie lautet dein Nachname?« »Zeiler.« Er sagt: »Alex, ich würde dir gerne ein paar Fragen stellen.« Darauf reagiere ich nicht. »Kennst du sie?« Ich kann nicht sprechen, daher nicke ich einfach nur. »Wie heißt sie denn?« Dieses Mal, hole ich mein Handy raus und zeige ihm die Rückseite. »Emma Ducommun«, liest er laut vor, »richtig?« Wieder nicke ich einfach nur, während ich mein Handy wegstecke. »In welchem Verhältnis stehst du denn zur ihr?« Ich forme aus meinen Händen ein Herz. »Also seid ihr zusammen?« Ich hebe meinen Kopf und lasse ihn wieder fallen. »Alex, ich bin gleich wieder da. Warte hier auf mich.«

Nach kurzer Zeit kommt er wieder. Er hockt sich vor mich und berichtet: »Die Polizei hat ihre und deine Eltern informiert. Ich habe deiner Mutter sagen lassen, sie soll zum Krankenhaus kommen, wo wir auch deine Freundin hinbringen. Meine Kollegen und ich wollen dich gerne mit ins Krankenhaus nehmen.« Ich nicke, um zu signalisieren, dass ich verstanden habe.

Wir stehen auf und gehen zum Krankenwagen. Er lotst mich auf einen Stuhl neben Emma. »Nicht erschrecken, ich schnalle dich jetzt an«, warnt er mich. Nachdem ich angeschnallt bin, nehme ich die Hand von Emma in meine. Ich sehe sie an. Überall sind Schläuche und Verbände. Die ganze Fahrt über kann ich den Blick nicht abwenden.

Erst als der Sanitäter mich abschnallt und nach draußen begleitet, realisiere ich, wo wir sind. Emma wird aus dem Krankenwagen gehoben und ins Krankenhaus geschoben. Als wir nach ihr durch die Tür treten, höre ich einige Ärzte und Krankenschwestern durcheinanderreden. Ich höre ihnen nicht zu. Vor einer Tür nimmt mich eine Schwester zur Seite. »Da kannst du nicht mit rein. Vertrau mir, sie ist in guten Händen. Setz dich dort auf die Stühle, es kommt gleich jemand zu dir.« Ich folge ihren Anweisungen und setze ich mich auf einen der Stühle.

Die ganze Zeit starre ich auf die gegenüberliegende Wand. Nach einer gefühlten Ewigkeit wird es irgendwo etwas lauter. Es hört sich so an, als würde jemand weinen. Nach kurzer Zeit tauchen zwei Personen in meinem Blickfeld auf. »Was ist passiert?«, fragt mich eine Frau mit zitternder Stimme. Jetzt erkenne ich sie. Es sind Emmas Eltern. Ich reagiere nicht auf die Frage. Ich höre, wie jemand den beiden etwas zuflüstert, aber ich verstehe es nicht. Dann sind sie auch schon wieder verschwunden.

Irgendwann hockt sich eine mir unbekannte Frau vor mich. »Du bist Alex, richtig?« Ich nicke leicht. »Hallo, ich bin Dr. Bauer. Ich würde mich gerne mit dir unterhalten. Aber am besten bei mir im Büro. Dort sind auch die Stühle bequemer.« Ich nicke erneut, stehe auf und gehe neben ihr her.

Kurz nachdem ich von dem Bus angefahren wurde, konnte ich mich selbst sehen. Komisch, oder? Ich fühle mich wie ein Geist. Ich habe festgestellt, dass ich durch geschlossene Türen durchgehen kann. Wahrscheinlich auch durch Wände, aber das möchte ich nicht versuchen. Ich habe mich im Krankenwagen neben Alex gestellt, der die Hand meines Körpers gehalten hat. Als wir am Krankenhaus angekommen sind, bin ich den Ärzten und meinem Körper in den OP gefolgt. Sie fangen an, mich aufzuschneiden. Da ich da nicht zugucken möchte, gehe ich raus, zu der Stelle, an der Alex warten sollte. Als ich durch die Tür trete, geht er gerade mit einer Frau im Arztkittel davon. Ich habe eben schon mitbekommen, dass er völlig unter Schock steht. Ich hoffe, dass es schnell wieder besser wird. Ich habe Schuldgefühle, denn wäre ich nicht einfach so über die Straße gelaufen, säßen wir jetzt entweder bei meinen oder seinen Eltern. Aber ich kann mich erst entschuldigen, wenn ich wieder wach bin. Die Ärztin und Alex laufen immer noch. Nach einer gefühlten Ewigkeit haben wir scheinbar ihr Büro erreicht. An der Tür steht ›Dr. Bauer‹, darunter ›Psychologin‹. Sie versucht, ein Gespräch mit Alex anzufangen, er antwortet aber nur mit einzelnen Wörtern. Da ich befürchte, dass es wohl noch länger so geht, gehe ich wieder zurück, dorthin, wo auch meine Eltern saßen. Meine Mutter liegt meinem Vater weinend in den Armen. Es macht den Anschein, dass meine Mutter schon länger weint.

Ich höre, wie eine Frau an die Rezeption tritt. Mein Gefühl sagt mir, dass ich sie kenne. Deswegen gehe ich zügig zu ihr nach vorne. »Ich muss zu meinem Sohn, Alex Zeiler. Die Polizei hat mich angerufen, um mich darüber zu informieren, dass er hier ins Krankenhaus kommt.« Jetzt weiß ich, warum sie mir so bekannt vorkam. Sie hat ein paar Ähnlichkeiten zu Alex. Der Krankenpfleger vor dem Computer tippt etwas ins System ein. »Hallo Frau Zeiler. Ja, Ihr Sohn ist bei uns. Zurzeit aber in Behandlung, soweit ich weiß. Seine Freundin hatte einen schweren

Unfall. Er steht zurzeit unter Schock. Ich informiere die zuständige Ärztin darüber, dass Sie hier sind. Sie wird zu ihnen kommen, sobald sie mehr weiß.« Seine Mutter scheint erleichtert, aber auch verwundert. Sie scheint noch etwas sagen zu wollen, dreht sich dann aber um und geht. Sie setzt sich in den Wartebereich, unweit von meinen Eltern. In der Zwischenzeit ist meine Mutter aufgestanden und läuft unruhig den Flur hoch und runter.

Es dauert etwas, aber nach einiger Zeit kommt Dr. Bauer. »Wer gehört zu Alex Zeiler?«, fragt sie in die Runde. Alex' Mutter steht auf und geht zu ihr. Auch meine Mutter ist aufgestanden und geht zur Ärztin. Sie fragt: »Wissen Sie etwas von meiner Tochter? Sie heißt Emma Ducommun.« Dr. Bauer wirft ihr einen bedauernden Blick zu und erklärt: »Tut mir leid, das ist leider nicht mein Fachgebiet. Aber ich kann gleich mal nachfragen, ob es schon etwas Neues gibt.« Meine Mutter bedankt sich und läuft dann weiter den Flur hoch und runter.

Die Ärztin und Alex' Mutter gehen ein Stück den Flur entlang: »Hallo, Frau Zeiler. Ich bin Dr. Bauer. Ihr Sohn ist bei mir im Büro. Er hat keine Verletzungen, steht aber noch unter Schock. Soweit mir durch die Sanitäter und die Polizei mitgeteilt wurde, kam er wohl mit dem Bus am Bahnhof an. Seine Freundin Emma stand am Bussteig gegenüber und ist, ohne zu schauen, über die Straße auf ihn zugelaufen. Dabei wurde sie von einem Bus erfasst und schwer verletzt. Er hat alles mit angesehen und war als erster bei ihr, sodass er sie auch bewusstlos und voll Blut am Boden liegen sah. Bisher redet er noch nicht viel, aber er scheint sich langsam wieder zu fassen. Wenn Emma aus dem OP raus ist, darf er zu ihr.«

Seine Mutter antwortet: »Vielen Dank, Dr. Bauer. Entschuldigen Sie, aber wer ist diese Emma? Ich habe von dem Krankenpfleger das erste Mal gehört, dass er eine Freundin hat.« Frau Bauer erklärt: »Wenn ich Alex richtig verstanden habe, sind sie heute Morgen zusammengekommen. Die Eltern, die dort sitzen, sind Emmas Eltern. Vielleicht unterhalten Sie sich mal mit ihnen. Wenn ich der Meinung bin, dass

Alex stabil ist, komme ich mit ihm runter.« Seine Mutter bedankt sich und Dr. Bauer geht zurück in ihr Büro. Alex Mutter dreht sich um und setzt sich wieder hin. Als sie sich geradesetzt, sagt meine Mutter: »Sie sind die Mutter von Alex?« »Ja, das ist richtig. Und Sie gehören zu Emma, nicht wahr? Ich habe gerade erfahren, dass unsere Kinder heute zusammengekommen sind.« Meine Mutter lächelt leicht. »Tatsächlich? Endlich hat sie einen vernünftigen Kerl. Die letzten waren reinster Müll.«

Ich verdrehe die Augen, da sie nur zum Teil Recht hat. Alex' Mutter zieht überrascht die Augenbrauen hoch. »Sie haben meinen Sohn schon kennengelernt?« »Ja, als ihr letzter Freund Schluss gemacht hat. Da war sie am Boden zerstört. Er hat sie wieder aufgebaut. Dadurch war er auch öfters bei uns. Haben Sie unsere Tochter etwa nicht kennengelernt?« »Nein, noch nicht. Ich arbeite oft lange und er ist fast nie zuhause«, antwortet Alex' Mutter, und ich höre eine Spur von Bedauern in ihrer Stimme. »Ich habe aber immer gedacht, er trifft sich mit seinen Freunden.« Schon fängt meine Mutter an, von mir zu erzählen – darunter zu meinem großen Leidwesen auch Dinge, die mir peinlich sind. Ich werde Alex' Mutter nicht unter die Augen treten können, wenn ich wieder wach bin. Aber es lenkt alle davon ab, dass ich ein paar Meter weiter im OP-Saal liege, also hat es immerhin auch etwas Gutes.

Während meine Mutter noch erzählt, kommt Frau Dr. Bauer mit Alex zu uns. Natürlich kommt Alex' Mutter ihnen direkt entgegen, um ihn zu umarmen. Als die beiden sich voneinander lösen sagt Frau Bauer: »Er steht noch immer unter Schock, aber er redet wieder. Haben Sie Geduld mit ihm. Ich möchte, dass er die nächste Zeit regelmäßig zu mir kommt, damit er das Erlebte verkraften kann. Die Termine müssen wir aber nicht jetzt ausmachen. Sie können einfach zur Rezeption gehen und dort etwas ausmachen.« Sie pausiert kurz und wendet sich auch an meine Eltern. »Zudem habe ich noch eine gute Nachricht für Sie alle. Ich habe gerade einen Anruf von einem Kollegen aus dem OP erhalten. Er hat mir berichtet, dass sie fast fertig sind und die OP ohne

Komplikationen verlaufen ist. Der zuständige Arzt wird in Kürze zu Ihnen kommen.« Meine Mutter umarmt meinen Vater und fängt wieder an zu weinen, dieses Mal aber wahrscheinlich vor Erleichterung.

Tatsächlich kommt wenig später ein Arzt aus dem OP. Mit einem Schrecken wird mir bewusst, dass ich immer noch nicht in meinen Körper zurückgekehrt bin. Irgendwas stimmt nicht. Ich werde nervös. »Wer gehört zu Emma Ducommun?« Meine Mutter steht auf und sagt: »Wir alle vier.« Der Arzt blickt kurz in die Runde, bevor er zu einer Erklärung ansetzt: »Emma hat mehrere Rippenbrüche. Die gebrochenen Rippen haben zum Teil ihre Lunge verletzt, wir konnten die Rippen aber richten und sie stabilisieren. Ihr rechtes Bein ist gebrochen und ihr rechter Arm geprellt. Durch den harten Aufschlag auf den Boden hat sie allerdings auch eine schwere Gehirnerschütterung erlitten. Wir mussten sie ins künstliche Koma versetzen.« Meine Mutter braucht kurz, um alles zu verarbeiten.

»Wird sie durchkommen? Können wir zu ihr?« Der Arzt seufzt schwer und sieht meine Mutter mitleidig an. »Wir können es zurzeit noch nicht sagen. Die nächsten Tage sind entscheidend. Sie können zu ihr, aber verhalten Sie sich bitte ruhig. Sie liegt auf der Intensivstation im Zimmer 76. Ich werde morgen früh nach ihr sehen. Wenn zwischendurch etwas sein sollte, melden sie sich bei dem Krankenhauspersonal.« »Danke«, flüstert Alex. Auch meine Eltern bedanken sich. Dann machen sich alle gemeinsam auf den Weg zur Intensivstation.

Meine Eltern gehen gemeinsam mit Alex in mein Zimmer. Auch ich gehe mit rein. Als ich mich dort liegen sehe, erschrecke ich. In meinem Mund steckt ein Schlauch, ein weiterer in meinem Arm. Mein Bein hängt eingegipst in einer Schlinge. Auch mein Arm ist eingegipst. Sie haben mir so einen Krankenhauskittel angezogen. Ich sehe fett darin aus, denke ich.

Alex

Sie sieht schrecklich aus. Ich habe mich links neben sie gestellt. Während ich ihre Hand streichele, sehe ich zu ihren Eltern, die mir gegenüberstehen. Ihr Vater fragt uns, ob wir irgendetwas brauchen. Ich antworte: »Nein, danke.« Emmas Mutter bittet um etwas zu trinken und zu essen. Emmas Vater nickt und verlässt das Zimmer. »Ich habe gehört, dass ihr beide zusammengekommen seid.« Ich nicke und sage: »Heute morgen.« Sie lächelt mich an. »Ich freue mich für euch. Du passt gut zu ihr und es geht ihr gut bei dir. Wenn sie hier raus ist, gehen wir mal alle zusammen essen.« »Gerne«, antworte ich. Hinter mir steht ein Stuhl. Ich nehme ihn mir und setze mich hin.

Nach kurzer Zeit kehr Emmas Vater zurück. Nachdem er die Sachen für Emmas Mutter abgestellt hat, geht er nochmal raus, um sich einen Stuhl zu holen. Meine Mutter kommt mit ihm rein. Als sie bei mir ist, sagt sie: »Sie wird wieder gesund, keine Sorge. Ich würde nach Hause fahren, es war ein anstrengender Tag für mich. Möchtest du mitkommen oder hierbleiben?« Ich antworte, ohne zu überlegen: »Hierbleiben.« »Ok, soll ich heute Nacht wieder kommen? Oder erst morgen früh?« »Morgen.« Sie gibt mir einen Kuss auf die Stirn. »Wenn was ist, ruf mich an oder benutz die Klingel. Brauchst du etwas?« Ich schüttle den Kopf. »Bis morgen. Versuch nachher, etwas zu schlafen.« Ich antworte: »Gute Nacht.«

Der Vater von Emma geht auch nach einiger Zeit. Nun bin ich mit der Mutter alleine. »Wie habt ihr euch eigentlich kennen gelernt?«, fragt sie mich auf einmal. »An den ersten zwei Tagen, wo sie zur Schule gegangen ist, war sie spät dran. Da habe ich ihr die Tür im Bus aufgehalten. Am dritten Tag war sie dann pünktlich. Irgendwie sind wir ins Gespräch gekommen. Wir haben uns schnell angefreundet. Es war für mich schwer, da ich vom ersten Moment an in sie verliebt war.« Sie guckt mich mitfühlend an und sagt: »Das kann ich mir vorstellen. Zu dem Zeitpunkt war sie noch mit einem Jungen aus unserem alten Wohnort zusammen. Ich muss mich bei dir bedanken.«

Ich gucke sie verwundert an. »Warum das denn?« »Emma war schon oft mit Jungs zusammen. Immer wenn diese Schluss gemacht hatten, wollte sie wochenlang nichts machen. Sie war immer am Boden zerstört und hat sich manchmal sogar in ihrem Zimmer eingeschlossen. Aber nachdem Nils Schluss gemacht hat, war es anders. Den ersten Tag ging es ihr schlecht. Schon am zweiten Tag war sie fast wieder normal. Der Unterschied zu früher ist wohl, dass sie damals niemanden wie dich hatte. Ich kenne alle Freunde, die sie hatte. Keiner war so fürsorglich wie du. Auch die neue Freundesgruppe, die sie in der Schule gefunden hat, ist nett.« Ich merke, wie ich rot im Gesicht werde. »Danke«, sage ich, weil ich nicht wirklich weiß, wie ich darauf reagieren soll. »Ich danke dir. Ich freue mich, dass du zur Familie gehörst. Aber ich finde es traurig, dass wir es so erfahren haben.« »Ich musste mit jemanden noch etwas klären. Kurz nachdem ich ausgestiegen bin, war es passiert. Dabei wollten wir eigentlich erst zu Ihnen, um es Ihnen zu erzählen und danach zu meiner Mutter.«

Das war das erste Mal seit dem Unfall, dass ich mehrere Sätze am Stück herausbrachte. »Alex, keiner kann was dafür. Du nicht, Emma nicht und auch der Busfahrer nicht. Es war ein Unfall. Keiner hat es kommen sehen. Und bitte nenne mich Elisabeth, ich fühle mich sonst so alt.« Sie lächelt. Ich lächle zurück. »Ok.« So langsam merke ich, wie ich müde werde, also lehne ich mich zurück und schließe die Augen.

11. Kapitel

Alex

Als ich die Augen wieder öffne, sind mehrere Stunden verstrichen. Elisabeth hat ihren Kopf auf Emmas Bett gelegt und scheint noch zu schlafen. Ich stehe leise auf und verlasse das Zimmer, um eine Toilette zu suchen. Elisabeth wird gerade wach, als ich das Zimmer wieder betrete. »Morgen«, begrüße ich sie. »Morgen.« Sie steht auf, um sich zu dehnen. »Wir sollten uns etwas zu essen holen.« »Stimmt, du hast Recht.« Wir gehen zusammen runter, wo ein Automat mit Sandwiches neben einem Getränkeautomaten steht. Wir holen uns jeder ein Sandwich und eine Flasche Wasser und gehen wieder nach oben.

Mittags gehe ich zu Dr. Bauer. Zuerst fragt sie mich, wie es mir geht, dann erzählt sie mir von ihrem Behandlungsplan. »Ich würde gerne sehen, ob du Probleme hast, über die Straße zu gehen oder an der Straße zu stehen. Wäre das für dich in Ordnung?« »Ja, ich denke schon.« Sie zieht sich ihre Jacke an und wir gehen nach draußen.

Kurze Zeit später sind wir an der Straße. Wie sie erleichtert feststellt, kann ich ohne Probleme die Straße überqueren. Doch als wir wieder auf der anderen Seite sind, kommt ein Bus. Plötzlich tauchen die Bilder von Emma in meinem Kopf auf, wie sie angefahren wird und meterweit fliegt. Ich verfalle in Schockstarre. Frau Dr. Bauer stellt sich vor mich, womit sie mir die Sicht auf den Bus versperrt. »Es ist alles gut. Komm, wir gehen wieder rein«, sagt sie zu mir. In ihrem Zimmer erklärt sie mir, was gerade passiert ist und wie wir jetzt vorgehen werden.

So geht es die ganze Woche weiter. Am Mittwoch bin ich zuhause, um mich auszuschlafen, gehe danach aber direkt wieder ins Krankenhaus. Am Sonntag ist Emmas Vater im Krankenhaus, damit auch ihre Mutter mal schlafen kann. Bei der Visite sagt der Arzt: »Wir werden die Medikamente ab morgen immer mehr zurücksetzen, um sie aus dem Koma zu holen. Ich kann Ihnen allerdings nicht sagen, wie lange es dauern wird, bis sie wieder erwacht.« Ich merke, wie mir Freudentränen in die Augen steigen. »Danke, Doc«, sagt ihr Vater. Es sieht so aus, als hätte auch er Tränen in den Augen. Nachdem der Arzt gegangen ist, ruft ihr Vater sofort seine Frau an. Da ich heute keinen Termin mit Frau Dr. Bauer habe, habe ich Henri gefragt, ob er vorbeikommen könnte. Er hat sofort geantwortet:

Natürlich komme ich vorbei. Mache mich direkt auf den Weg. Bis gleich

Ich sage ihrem Vater Bescheid und gehe raus. Es dauert weniger als eine halbe Stunde, da sehe ich ihn, wie er auf mich zukommt. Als er bei mir ist, umarmt er mich. Er fragt sofort: »Wie geht es dir?« »Besser als am Anfang. Aber ich habe noch ein Problem, wenn ich Busse sehe.« Wir setzen uns auf eine Bank.

Danach erzähle ich ihm davon, dass sie Emma aus dem Koma holen wollen. Um mich abzulenken, erzählt er mir, was in der Schule so läuft. Nach mehreren Stunden stehen wir auf und verabschieden uns voneinander. Während ich wieder rein gehe, höre ich jemanden sagen: »Ich möchte Emma Ducommun besuchen. Sie wurde letzte Woche Sonntag hier eingeliefert.« Ich drehe mich um und sehe ein Mädchen an der Rezeption stehen. Der Krankenpfleger tippt gerade etwas in seinen Computer ein. »Bist du ihre Freundin?«, frage ich sie. Sie dreht sich um, mustert mich und antwortet: »Ja. Und wer bist du?« »Komm mit, ich zeige dir, wo sie ist.« Sie dreht sich kurz zum Krankenpfleger und bedankt sich, dann kommt sie zu mir. Ohne etwas zu sagen, gehe ich zu den Aufzügen.

Nachdem wir eingestiegen sind, fragt sie mich: »Wie heißt du?« »Alex, und du?« Sie guckt mich an. »Also du bist der Junge, von dem sie so viel redet. Ich bin Hannah.« Ich drehe mich verwundert zu ihr, gleichzeitig macht mein Herz einen Hüpfer. »Woher kennst du sie?« Gerade als sie antworten möchte, öffnen sich die Türen des Fahrstuhls. Erst als wir draußen sind, beantwortet sie meine Frage: »Wir sind in einer Klasse.«

Ich öffne die Tür zu Emmas Zimmer. Hannah geht vor mir rein. Sie begrüßt den Vater, der uns mitteilt: »Ich gehe eine Runde spazieren.« Ich wünsche ihm viel Spaß und nehme wieder meinen Platz neben Emma ein. Auch Hannah berichte ich von der guten Nachricht. »In der Nacht vor ihrem Unfall hatte sie mich angeschrieben. Sie wollte mit mir reden, aber ich war schon am Schlafen. Weißt du, was sie wollte?« »Ja. Es war so…« Ich erzähle ihr alles.

Von dem Zeitpunkt, als sie mich mit Lea gesehen hat, über unser Zusammenkommen bis zum Unfall. Sie hebt drohend den Finger. »Wehe du verletzt sie, dann…« Sie lässt die Drohung offen. »Keine Sorge, ich werde sie nicht verletzen. Dafür liebe ich sie zu sehr.« Wir unterhalten uns noch etwas weiter. Die meiste Zeit stellt sie mir Fragen über mich. Da sie wieder nach Hause muss, gibt sie mir ihre Handynummer und sagt: »Schreib, wenn es was Neues gibt.«

Wie geplant werden die Medikamente ab dem nächsten Tag reduziert. Eine gute Woche später ist Emma immer noch nicht wach. Heute ist wieder ihre Mutter da. Ich merke, wie die Hand, die ich halte, leicht zuckt. Das ist in den letzten Tagen schon häufiger vorgekommen, sage ich mir, um meine Hoffnungen nicht allzu groß werden zu lassen. Doch dieses Mal drückt sie meine Hand fest. »Emma, kannst du mich hören?«, frage ich sie. Ihre Mutter guckt auf und fragt mich: »Hat sie sich bewegt?« »Sie drückt meine Hand.«

Ihre Mutter steht auf, um einen Krankenpfleger zu holen. Auch als er kommt, hält sie noch immer meine Hand. Er fühlt ihren Puls und kontrolliert ihre Atmung. Plötzlich flattern ihre Augenlider. Dieses Mal ist es ihre Mutter, die sagt: »Emma, kannst du mich hören?« Aber ihre Augen bleiben geschlossen. Nach ein paar Minuten möchte der Krankenpfleger gerade wieder rausgehen, als sich ihre Augen leicht öffnen. Der Krankenpfleger geht zu ihr, nimmt eine Taschenlampe und strahlt ihr in die Augen, um ihren Pupillenreflex zu kontrollieren. Dann nimmt er ihre Hand und sagt: »Emma, wenn du mich hören kannst, drücke deine rechte Hand.« Erst passiert nichts, doch dann drückt sie zu.

»Wo... wo bin ich?«

Ich brauche mehrere Sekunden, bis ich realisiere, dass es Emma war, die gerade gesprochen hat. »Du bist im Krankenhaus. Du hattest einen Unfall.« Ihre Augen schließen sich, auch ihr Griff um meine Hand wird lockerer. Der Krankenpfleger kontrolliert sie erneut. »Ich glaube, sie schläft wieder. Wenn sie wieder wach werden sollte, rufen sie uns bitte sofort.« Wir nicken nur. Sofort greift Elisabeth nach ihrem Handy, um ihren Mann darüber zu informieren, was gerade passiert ist. Ich schreibe meiner Mutter. Beide kommen nacheinander im Krankenhaus an. Lange Zeit passiert jedoch nichts. Am Abend, als der Pfleger nach seiner Kontrolle gerade wieder gegangen ist, zucken ihre Augenlider. Meine Mutter eilt aus dem Zimmer, um den Pfleger zurückzuholen. Schlagartig öffnet Emma die Augen, ihr Blick geht in meine Richtung. »Schatz, ich habe Hunger«, sagt sie verschlafen. Ich fange an zu lachen. »Wir besorgen dir gleich etwas zu essen. Aber erstmal muss ich dir ein paar Fragen stellen.« Als er fertig ist, sagt er: »Am besten wäre es, wenn nur noch ein bis zwei Personen hierbleiben. Die anderen müssten bitte raus.«

Emmas Mutter steht auf und sagt mit einem Zwinkern: »Ich würde sagen, wir lassen die Verliebten erstmal allein.« Alle stimmen zu und verlassen das Zimmer. Emma sieht mich fragend an: »Sie wissen es schon?« »Ja, sie haben es im Krankenhaus durch meine Ärztin erfahren.« Wieder guckt sie mich fragen an. Ich winke ab. »Später werde ich es dir erklären. Aber jetzt bin ich erstmal froh, dass du wieder wach bist.« Sie schaut ein wenig verwirrt. »Wie lange war ich denn bewusstlos?« »Über zwei Wochen.« Dann mache ich, was ich schon lange machen wollte. Ich küsse sie, was sie erwidert. Als wir uns voneinander lösen, flüstere ich ihr ins Ohr: »Ich liebe dich, Emma Ducommun.« »Ich liebe dich auch, Alex Zeiler«, flüstert sie mit einem Lächeln zurück.